우리 집에 왜 왔니

국립중앙도서관 출판시도서목록(CIP)

우리집에 왜 왔니-처용아비 : 박명호 소설집 / 지은이: 박명호. --
부산 : 산지니, 2008
  p. ;   cm

내용: 산 너머 포구 - - 잉어깃발 - - 우리 집에 왜 왔니-처용아비
- - 봄눈 - - 샤갈, 시를 쓰다-꽃을 위한 서시에 대하여 - - 뿔 - -
굴뚝새 - - 龜旨歌를 위한 다섯 가지 변주곡
ISBN 978-89-92235-51-8 03810 : ₩10000

한국 현대 소설[韓國現代小說]

813.6-KDC4
895.735-DDC21   CIP2008003387

우리집에 왜 왔니

처용아비

박명호 소설집

산지니

꽃밭의 獨白

노래가 낫기는 그 중 나아도

구름까지 갔다가 되돌아오고,

네 발굽을 쳐 달려간 말은

바닷가에 가 멎어 버렸다.

활로 잡은 산돼지, 매로 잡은 산새들에도

이제는 벌써 입맛을 잃어버렸다.

꽃아, 아침마다 개벽하는 꽃아,

내가 좋기는 제일 좋아도

물낯 바닥에 얼굴이나 비취는

헤엄도 모르는 아이와 같이

나는 네 닫힌 문에 기대섰을 뿐이다.

문 열어라 꽃아, 문 열어라 꽃아…

—서정주 '꽃밭의 독백'

소설이란 무엇인가?

우리가 매일 거울을 보며 얼굴을 조금이라도 가꾸고 싶어하듯
이 그렇게 우리의 삶을 꾸미는 것이다. 정의는 간단하지만 어떤 것

이 좋은 소설인가 하는 문제는 어렵다. 어쩌면 그것이 소설의 본질이라는 생각이 든다.

결국 꽃의 문제인 것이다. 나는 늘 그 닫힌 문 앞에서 문이 열리기를 애태우고 있다. 그것이 소설가로서 나의 본질이다.

나는 어느 순간부터 남들이 좋다 하는, 잘 썼다는 그 소설들에 대해서 별로 동의할 수 없었다. 무슨 큰 감동이 있는 것도 아니고, 딱 부러지게 재미가 있는 것도 아니고, 인생에 교훈 같은 것도 없는 그저 세련된 말솜씨만 있을 따름인 소설에 대해서 말이다. 활로 잡은 산돼지나 매로 잡은 산새들에도 벌써 입맛을 잃어버린 것이다.

처음엔 그 중 낫다는 詩를 썼다. 노래가 구름까지 갔다가 되돌아오듯이 자꾸만 이야기가 길어졌다. 소설을 쓰기 시작했다. 소설을 쓰면서 담배를 피우기 시작했다. 골방에 처박혀 담배를 피우며 소설 쓰는 맛이 딱이었다. 그래서 소설가가 되기로 결심했다.

그러나 내게 있어 소설은 언제나 닫힌 문이다. 꽃은 한 번도 쉽게 문을 열지 않았다. 그래서 꽃밭을 서성인다. 아니 시험을 앞둔 수험생처럼, 빚에 쫓기는 채무자처럼, 변비증 환자처럼, 비오는 날 열리지 않는 애인의 문 앞에 선 실연자(失戀者)처럼 나는 꽃의 문을 두들기고 있었다.

'그렇듯 괴로운 소설을 왜 쓰는가?'

'소설을 쓰지 않는다면 무슨 의미로 세상을 살지?'

대답은 분명했다. 역시 소설이다. 그래서 나는 더 이상 소설 자체에 대한 회의를 하지 않는다. 아마 죽을 때까지 그럴 것이다. '노래' 도 '말(馬)' 도 쉽게 한계가 드러나니깐. 문제는 역시 꽃이다.

나는 '물 위에 얼굴이나 비취는/헤엄도 모르는 아이처럼' 정말 무지하고 거칠게 소설을 써 왔다. 아무도 내게 소설을 가르쳐 주지 않았고, 도와주지 않았다. 미숙한 수영 솜씨로 물 위에서 허우적거리며 오로지 혼자서 끊임없는 시행착오를 반복했다. 내게 그 길을 가르쳐 줄 스승은 없었다. 굳이 스승이라면 내 자신이거나 나의 경험일 뿐이었다. 그야말로 철저한 야전용사이고 필드 플레이어라 할 수 있다. 국어교육과 출신이라지만(대한민국의 대부분 국문과가 그렇듯 소설 작법을 가르치는 데는 없다. 왜냐, 소설은 어려운 것이고 그것은 직접 소설을 쓰는 소설가가 아니고서는 불가능하기 때문이다. 그리고 소설을 쓴다는 것은 이론과 많은 차이가 있다.) 소설에 관해선 무학력이나 다름없다. 그냥 야생에서 거친 습작기를 보냈으며 지금의 내 소설도 남들보다 덜 세련되고 거칠기 그지없다.

문제는 꽃인 것이다.

열려라, 꽃이여…

2008년 11월

박명호

차례

산 너머 포구

 구팔이 칠십이, 구구는 팔십일, 꼬꾸댁 꼬꾸댁 팔십한 마리,

히히히….

그때마다 괜스레 웃음이 뒤따라 나왔다. 아니 곧이어 눈물이 찔끔거렸다.

달이는 닭장에서 닭 모이를 주면서 구구단을 외는 아이들을 부러워했다.

뱃고동 소리가 마을의 정적을 흔들고 있었다. 그 소리는 하오 두 시가 되면 어김없이 산 너머 포구에서 울려 왔다. 하늘은 바다빛으로 높았고 그 하늘과 맞닿아 있는 뒷산의 단풍 행렬은 이미 산 아래까지 내려와 있었다.

달이는 뱃고동 소리가 끝날 무렵 집을 빠져나와 성당 뒤뜰까지 단숨에 뛰어갔다. 다른 아이들 같았으면 오 분도 채 걸리지 않을 거리였지만 소아마비인 그로서는 몇 갑절의 시간을 끌었다. 그는 허리끈이 풀려 바지가 미끄러져 내려도 마냥 뛰었다.

성당 뒤뜰을 지나면 공동묘지가 있었고, 비탈진 숲은 그 뒤쪽에 있었다.

달이는 울타리 앞 풀밭에 누워 목구멍까지 차올랐던 가쁜 숨을 내몰았다. 헐떡이던 가슴이 잦아지면서 마른 풀 냄새가 코 속을 비

집고 들어왔다. 그가 뛰어오는 중에는 그의 염려와는 달리 아무도
보이지 않았다.

그러나 아이들의 구구단 외는 소리는 학교에서부터 그의 뒤를
줄곧 따라왔다. 그 소리는 때때로 그가 공부하고 싶은 마음을 누르
지 못해 학교를 기웃거릴 때면 으레 저학년 가교사에서 들려왔다.
학교는 전쟁 때 불타 버린 교실이 아직 복구가 되지 않아 흙벽돌로
지은 가교사가 태반이 넘었다. 그래도 거기서 들려오는 아이들의
구구단 외는 소리는 함석지붕에 내리치는 소나기 소리보다 힘이
차 있었다. 그는 가교사 뒤에 숨어 구구단을 가만히 따라 외곤 했
다.

구칠이 육십삼, 구팔이 칠십이, 구구는 팔십일, 꼬꾸댁 꼬꾸댁
팔십한 마리, 히히히….

그때마다 괜스레 웃음이 뒤따라 나왔다. 아니 곧이어 눈물이 찔
끔거렸다. 달이는 닭장에서 닭 모이를 주면서 구구단을 외는 아이
들을 부러워했다.

그까짓 구구단이 무엇이라고, 닭 모이를 줄 때 닭을 부르는 소
리가 아니냐….

그는 스스로를 위로하면서 페인트가 거의 벗겨져 보기가 흉한
널판 나무 울타리를 쉽게 넘었다. 오랫동안 손질을 하지 않아서인
지 잡초가 자라나 울타리와 키재기를 하고 있었고, 군데군데 어울
리지 않는 장미 넝쿨까지 엉켜 한층 을씨년스러웠다. 그의 방에서
빤히 내다보이는 우체국 사택의 울타리에도 장미 넝쿨로 얽혀 있
었다. 아담한 일본식 건물의 우체국 사택을 사람들은 장미집이라

고 했다. 그 집에는 정말 장미를 닮은 달이 또래의 계집아이가 살고 있었다. 하지만 달이는 아직 그 계집아이와 한 번도 이야기를 나눈 적은 없었다.

그는 언제 보아도 빈집 같던 그 장미집의 계집아이를 생각하며 공동묘지를 지나 숲으로 들어갔다.

스스스. 나뭇잎을 스치는 바람이 꽤 스산하게 불고 있었으므로 그는 잔뜩 겁을 먹기 시작했다. 아이들의 노는 소리는 숲까지 따라와 있었다. 그 소리는 어디에도 있었다. 특히 쉬는 시간이면 일 없는 날 정미소에 모여든 참새 떼들처럼 재잘거렸다.

그러나 숲은 적막했다. 아니 으시시했다. 그 적막이 소름끼쳐왔다. 금방이라도 소문처럼 무엇인가 불쑥 나타날 것만 같아서 그는 숨을 죽여 가며 발을 내딛었다. 그가 앞으로 앞으로 나아갈 때마다 죽어 있던 숲의 소문들이 꼬리를 물고 살아났다. 전쟁 때 죽은 군인들의 시체가 가득 묻혀 있다는 숲, 그들 중 일부가 목이 없는 채 배회한다는….

그가 숲 속으로 숲 속으로 들어갈수록 소문은 소리를 죽이며 살아났다. 달이는 자신의 뒤를 따라오는 꽤 규칙적인 소리에 신경을 곤두세우고 있었다.

목이 없는 군인일지 몰라…

감히 뒤돌아서 소리의 주인공을 확인할 용기는 아예 없었다. 다행스럽게도 햇살이 곧장 떨어져 내리는 나뭇잎에 조금씩 묻어 있었으므로 앞으로 앞으로 나아갈 수 있었다.

빛이 없는 숲은 얼마나 적막할까…

그는 잠시 걸음을 멈추고 하늘을 올려다봤다. 주로 잡목들로 우거진 그 숲에서의 하늘은 울긋불긋한 단풍잎 사이에서 간신히 모습을 나타낼 뿐 여느 하늘처럼 탁 트인 것은 아니었다. 그래도 그가 간간이 하늘을 올려다본다는 것은 그와 같은 모험에서는 꽤 중요한 일이었다.

마을 사람들은 그 숲을 꺼려했다. 간혹 아이들 가운데 숲에 다녀왔다는 허풍쟁이가 있었지만 고작해야 성당 울타리를 겨우 넘었을 정도였고, 이내 나타나는 으시시한 숲을 보고는 금방 발길을 돌렸을 것이다. 때때로 병정놀이하는 아이들 가운데 궁지에 몰리면 성당 뒤뜰 울타리를 넘는 경우가 있었으나 나지막한 울타리를 그 누구도 섣불리 넘으려 하지 않았다. 하지만 그는 여러 차례 그 울타리를 넘었고, 숲을 지나 산꼭대기까지 갔다. 그래도 그는 아무에게도 자랑하지 않았다. 그도 그럴 것이 그에게는 이야기할 수 있는 친구가 없었고, 그의 아버지가 아는 날에는 심한 매질을 당할 것이 뻔했기 때문이었다.

그가 절룩이는 걸음으로 숲을 오르고 있을 때 아이들의 소리는 이미 학교에서 돌아와 마을 골목에 가득 모여 있었다.

조심스럽게 나아가던 그의 발 앞에 제멋대로 엉켜진 나무줄기들이 길을 막았다. 낫이라도 있었으면 했지만 소용없었다. 어머니가 토끼풀을 뜯으러 갈 때 쓰이는 낫은 항상 토끼집 그 높은 곳에 있었다. 간혹 그가 나무통을 받치고 그 낫자루에 손이라도 닿을랑치면 어머니에게 심한 꾸중을 들었다. 그는 어머니가 무섭고 싫었다. 그러나 그의 어머니는 집을 나간 지 한 해가 넘었고 토끼집에는 한 마리의 토끼도 없었다. 그는 어머니가 산 너머 포구에 살고 있다는 사실을 알고 있었지만 아버지에게는 말하지 않았다. 아마도 아버지가 안다면 그냥 두지 않을 것 같았기 때문이었다. 그의 아버지는 술만 먹으면 어머니를 두들겨 팼다.

달이는 포구에 있는 어머니의 얼굴을 떠올리며 손으로 나무줄기를 꺾었다. 손가락처럼 가는 줄기일지라도 어린 그의 힘으로는 쉽지가 않았다. 그래서 그는 곧 단념하고 적당히 젖히며 나아갔다. 그러나 몇 걸음 나아가지 않아서 또 길이 막혔다. 그때 문득 물큰한 것이 밟혀 그는 움찔했다.

낙엽들이 썩은 것일까. 군인들의 시체일까….

얼른 발을 옮겨 디뎠지만 등골이 오싹했다. 언뜻 스쳐 지나가는 바람결 따라 무서운 이야기들이 떠올랐다가 사라졌다. 숲 속의 소문들은 마을에서 들려오는 아이들의 노는 소리처럼 숲의 적막이 되어 버렸고, 그 적막은 이마에 맺혀 있는 땀방울처럼 고여 있었다. 하늘을 올려다봤다. 모든 것이 낯설고 무서웠으나 하늘만은 본래 그 하늘이었다. 곧 돌아서서 다른 길을 찾아야 했지만 그럴 용기는 없었다. 어쨌든 넝쿨처럼 우거진 나무줄기 사이를 빠져나가야 했다. 그는 두 손으로 줄기를 힘껏 젖힌 다음 들소처럼 힘을 앞쪽으로 쏟았다. 나무줄기들이 팽팽하게 버텨 있었다. 그것은 어머니의 매 앞에 선 것 같은 짧고 가늘게 아찔거리는 두려움이었다.

그가 교리 책을 읽다가 답답하여 방을 뛰쳐나오면 어머니는 어느 틈엔가 뒤쫓아왔다. 그의 어머니는 대단한 광신자였다. 그가 다리병신이 된 것은 마귀가 들렸기 때문이라고 했다. 그의 어머니는 틈만 나면 그의 다리를 부여잡고 기도를 했다. 한때 그는 어머니의 기도로 튼튼한 다리를 가질 것이라는 기대를 했었다. 그는 언제나 방 안에 갇혀서 교리 책을 읽거나 사도신경을 외워야 했다. 하기야 그가 밖을 나가 봐야 아이들의 놀림감만 될 뿐이었다.

찔뚝찔뚝 찔뚝빼이―

아이들은 달이가 골목에 나타나면 그렇게 놀려 댔다. 그가 학교에 입학했을 때였다. 가슴에 손수건을 단 일 학년 신입생들과 함께 병아리 떼처럼 줄지어 선생님의 뒤를 따라 운동장을 돌고 있었다. 걸음걸이가 불편한 그로서는 당연히 대열에서 뒤쳐질 수밖에 없었다. 아이들은 그런 그를 그냥 내버려 두지 않았다.

그는 놀려 대는 아이들이 무서워 학교에 갈 수가 없었다. 어머니는 학교에 가지 않으려는 그를 거의 울다시피 끌고 다녔지만 결국 일 학년도 마치지 못했다. 그로부터 그는 그의 작은 방에 갇히고 말았다.

그의 방에는 서쪽으로 난 조그마한 창이 하나 있었다. 그 창에는 항상 뾰족한 성당 첨탑이 그림처럼 어려 있었다. 때때로 그는 창에 보이는 성당의 첨탑이 너무 답답하여 그림을 그리며 무료함을 달랬다. 십(十)자형의 첨탑을 동그랗게 그리기도 했고 토끼 귀나 닭의 벼슬을 그리기도 하며 혼자서 웃기도 했다.

어쩌다가 까치발로 창을 내다보면 건너편에 자리한 장미집이 한눈에 들어왔다. 장미가 피는 시절이면 그 집은 흡사 백설공주가 사는 집 같아 보였다. 그래도 그에게는 그 방이 너무 답답했다. 하지만 서산으로 해가 기울 무렵이면 그 창으로 햇살이 기어 들어왔다. 햇살은 성당 첨탑 그 높은 곳을 기어오르고 다시 그의 창을 넘어와 건너 벽에 걸려 있는 성모 마리아의 얼굴을 비췄다. 햇살은 죽어 있던 방 안의 시간들을 몰아냈다. 그는 하루 내내 그때만을 기다리며 지냈다. 그는 집을 빠져나와 햇살을 따라 뒷산을 올라갔다. 비록 무서운 숲이었지만 그곳을 지나 산꼭대기에 오르면 어머니가 있는 포구의 앞바다가 보였다. 그는 어머니가 밉고 싫었지만 보고 싶었다.

달이는 고개를 잘래잘래 흔들어 봤다. 어머니의 얼굴이 하얗게 부서지는 햇살과 함께 어른거렸다. 뒤따라오던 누군가가 자신의 엉덩이를 덥석 잡을 것만 같아 그는 잔뜩 겁을 먹기 시작했다. 그래서 그는 더욱 힘을 쏟아 빠져나가려 애를 썼다. 숲의 정적이 흔들리기 시작했고, 빛이 흔들렸고, 소리와 가을이 흔들렸다.

서둘러야 했다. 그는 젖 먹던 힘까지 다해 앞쪽으로 용을 썼다. 다행히 상체는 빠져나갔지만 몇 가닥의 줄기가 허리에 걸려 꼼짝할 수가 없었다. 그는 버둥거리기 시작했다. 남들이 봤으면 우스운 꼴이지만 그는 울고 싶었다. 그는 그만 포기한 채 몸을 움직이지 않았다.

그는 가만히 생각했다. 그러다가 혼자서 피식피식 웃기 시작했다. 그에게 있어서 웃음은 낯설기 그지없었다. 아이들의 웃음은 지렁이 등살에 쬐는 햇살보다도 싫었다. 그가 밖을 나가면 가장 먼저 부딪치는 것은 바로 그 웃음이었다. 학교 운동장 구석에도 집으로 오는 골목에도 웃음은 그를 기다리고 있었다.

병정놀이하는 아이들의 소리가 디딜방아처럼 걸려 있는 그의 귀에 쟁쟁거렸다. 병정놀이는 꽤 흥미 있는 것이었다. 아이들이 학교에서 돌아오면 줄곧 놀아 대는 그 놀이를 무척이나 하고 싶었지만 그는 한 번도 그 속에 끼지를 못했다. 언제나 자신의 자그마한 창으로 지켜볼 뿐이었다. 아직 학교에도 들지 않은 꼬맹이부터 벌써 코밑이 가무스름한 중학생까지 마을의 대부분 아이들이 참가하는 놀이였다. 편은 주로 마을 한가운데를 가로지른 신작로를 중심으로 윗동네와 아랫동네로 갈랐다. 윗동네는 성당과 은행나무가 있었고, 아랫동네에는 제재소와 꿀밤나무가 있었다. 꿀밤나무와 은행나무는 마을 어디에서도 보이는 커다란 나무였다.

그는 얼마 동안을 디딜방아처럼 더 버둥거린 뒤에야 간신히 그곳을 빠져나올 수 있었다. 하지만 신발 한 쪽이 나무줄기 뒤쪽으로 떨어져 버렸다. 아찔했다. 하마터면 신발 때문에 뒤를 돌아다볼 뻔했다. 뒤돌아보는 순간 목 없는 군인과 상면할 것이라는 상상은 정말 소름 끼치는 일이었다. 집에 가면 없어진 신발 한 쪽에 대한 아버지의 추궁이 매섭게 시작될 것이지만 어쩔 수 없었다. 뒤따라오던 누군가가 그 신발을 주워 들고는 히죽히죽 웃음을 만들고 있을 것만 같았다. 그는 다시금 겁을 먹기 시작했다. 사각사각 발에 밟히는 낙엽 소리가 숲의 정적을 흔들고 있었다. 그 소리는 정말 간사스러웠다. 해서 그는 소리를 될 수 있는 대로 줄이려고 사뿐사뿐 발을 디뎠다. 그래도 소리는 여전했다.

그는 두 손으로 귀를 움켜잡았다. 소리는 죽지 않았다. 신발이 벗겨진 발바닥에 따가운 것이 찔려 왔지만 개의치 않았다. 그는 비탈을 계속해서 올라갔다.

휴우—

그의 긴 한숨은 묘하게도 그 숲을 막 벗어남과 동시에 터져 나왔다. 한숨뿐이 아니었다. 그의 야윈 얼굴에 조심스럽게 맺혀 있던 땀방울들도 한꺼번에 흘러 내렸다. 그는 코를 훔칠 때처럼 소매로 땀을 아무렇게나 닦았다.

뒤를 밟고 있는 것이 누구일까.

그는 여태 뒤를 따라오던 소리에 대해서 감히 여유를 가져 봤다. 그러나 아직 확인할 용기는 없었다. 고개를 들어 위를 봤다. 아직 산꼭대기는 보이지 않았다. 구름들이 듬성듬성 흘러가고 있었다. 마을에서 그렇게 또렷이 보이던 산꼭대기는 산을 오를수록 더욱 보기가 힘들었다.

병정놀이가 잠시 소강상태에 빠진 마을에는 아이들 소리 대신에 제재소의 윙윙거리는 톱 소리가 골목을 가득 메우고 있었다. 주벽이 심한 그의 아버지가 제재소에서 집으로 돌아오면 언제나 옷자락에는 톱밥과 톱 소리가 가득 묻어 있었다. 그의 어머니는 술과 톱밥으로 범벅이 된 아버지의 겉옷을 대문 밖에서 팔팔 털었다. 미귀를 내쫓는다는 것이었다.

미친 여자야.

술에 취한 아버지는 어머니에게 심한 욕설을 퍼부었다. 그렇게 해서 시작된 부부싸움은 어느 한날이고 그냥 지나치지 않았다.

무서운 숲이 끝나면 벌써 산중턱이었다. 바다빛 하늘은 한층 높았고 햇살은 달이가 있는 곳보다 훨씬 위쪽에 있었다. 그는 비로소 없어진 신발 한 쪽을 걱정하기 시작했다.

소망을 가지고 기뻐하며 환난 속에 참으며…

그는 성경 구절을 중얼거리며 산 위로 산 위로 거북이처럼 기어 오르고 있었다. 중턱은 언제 일어났는지 알 수 없는 산사태로 벌건 속살을 드러내고 있었지만 곧 골이 가파른 숲이 이어져 있었다. 하지만 거기서부터는 곧게 자란 참나무 숲이어서 오르기가 훨씬 쉬웠다. 무엇보다 탁 트인 시야 때문에 그리 무섭지가 않아 좋았다. 전에는 참나무 숲에도 제법 널따란 길이 있었고, 저만큼 산 아래쪽에는 숯을 굽는 공장까지 있었다지만 이미 토끼길이 되어 버린 지 오래 되었고, 그 토끼길조차 형체가 뚜렷하지 않았다. 차라리 아무렇게나 올라가는 편이 쉬웠다.

시간이 꽤 흘렀다. 그가 마을에서 생각하는 것보다 항상 시간이 많이 걸렸다. 마을에서 보면 햇살이 마지막으로 머무는 산꼭대기는 빤히 닿을 듯한 거리였다. 달이는 가쁜 숨을 몰아쉬면서도 올라가기를 멈추지 않았다. 길이 또 없어졌다. 그는 마른 나무 둥치를 잡고 몸을 끌어 올렸다. 하지만 잡았던 나뭇가지가 뭉개지면서 미끄러져 내렸다. 삭정이가 그의 얼굴을 할퀴며 지나갔다. 그 틈에 놀란 토끼가 후다닥 그의 앞을 가로질렀다. 정말 놀란 것은 토끼가 아니라 그였다. 그의 얼굴에서 피가 흘렀다.

씨이—

달이는 미끄러지는 데까지 미끄러지게 아무런 동작도 취하지 않았다. 그러나 미끄러지던 그의 몸은 또 다른 나무 등걸에 걸렸다.

마을에서 아이들의 노는 소리가 달려왔다. 그는 언제까지고 그렇게 있고 싶었지만 서둘러야 했다. 그가 다시금 숲을 오르고 있을 때 또 다른 토끼가 앞을 스쳐 갔다. 숲에서는 흔한 일이었지만 그때마다 그는 흠칫 놀라서 뒤로 주춤거렸다.

혹시 뒤따라오던 것은 토끼가 아니었을까…

그는 고개를 흔들었다. 마을 아이들의 이병(移兵)놀이는 무르익어 가고 있었다. 그는 윗동네 아이들의 작전을 잘 알고 있었다. 그들의 작전은 주로 그의 자그마한 창 아래에서 행해졌다. 그곳은 참으로 외질기 때문에 아랫동네 아이들에겐 쉽사리 발각되지 않는 곳이었다. 그들이 많이 쓰는 작전은 꼬맹이 한둘로 하여금 반대 방향에서 유인시킨 다음 적의 빈 진지를 공격하는 것이었다. 늘 써먹는 작전이었지만 아랫동네 아이들은 번번이 당했다.

꼭대기를 향하여 기어오르는 그의 앞으로 바람이 불 때마다 우두두 꿀밤들이 떨어졌다. 그 꿀밤 가운데 한두 개가 그의 이마에 명중하기도 했다. 그는 굵은 꿀밤 몇 개를 주워 호주머니에 넣었다. 그 꿀밤은 무료한 그의 방에서 팽이 놀이를 하기에 안성맞춤이었다.

마을의 장터 한가운데 있는 꿀밤나무는 숲의 나무들과는 비교가 되지 않을 만큼 큰 나무였다. 장날이면 약장수들이 그 나무에 확성기를 걸어 놓고 종일토록 떠들어 댔다. 약장수들은 원숭이의 묘기도 보이고 마술도 해서 언제나 사람들이 모여들었다. 장이 서지 않는 날이면 비교적 질이 나쁜 아이들이 그 나무에 올라 담배도 피우고 오줌을 아래로 갈기기도 하면서 히히덕거렸다. 그 꿀밤나무 옆으로는 주막이 여러 채 늘어서 있었고, 거기서 어른 걸음으로 스무 걸음 못 미치는 곳에 그의 아버지가 다니는 제재소가 있었다. 제재소 일을 끝낸 그의 아버지는 항상 그 주막을 들렀다. 그가 간혹 술 취한 아버지를 찾으러 꿀밤나무 근처에 가면 성당에 불만이 많은 아버지는 나무 아래에 누워 사도신경을 장난스럽게 중얼거리고 있었다. 그때마다 꼭 옷 하나는 벗겨져 있었고 때로는 바지가 벗겨져 부끄러운 부분이 드러나 있기도 했다. 아이들은 약장수 구경하듯 몰려서 히히덕거렸다. 그럴 때면 어디서 용기가 솟는지 아이들을 밀치고 아버지를 일으켜 집으로 왔다. 아이들의 놀림 소리는 집요하게 따라왔다.

그래, 나는 병신이다—

참나무 숲을 막 벗어나자 그는 여태 참았던 소리를 냅다 질렀다. 그때 한 마리 꿩이 날아올랐다. 그 꿩이 날아간 하늘을 봤다. 꿩은 금세 사라지고 머리만 어지러웠다. 꿩 때문일까. 별안간 탁 트인 산꼭대기의 민드렁한 풀밭 탓일까. 이내 그에게 시장기가 겹쳐왔다.

너희를 박해하는 자들을 축복하라—

달이는 또다시 소리를 질렀다. 그 소리는 저만큼 산 아래서 불어오는 바람이 앗아가 버렸다. 그는 뛰기 시작했다. 큰 바위, 마을에서 보면 흡사 마귀할멈같이 생긴 바위였다. 그러나 가까이서 보면 왕모래 더미 위에 올려 있는 순해 빠진 바위일 뿐이었다.

달이는 절룩이는 걸음으로 바위까지 뛰면서 처음으로 뒤돌아봤고 한 쪽 남은 신발마저 벗어 산 아래로 던져 버렸다. 역시 아무도 그를 따라오지는 않았다. 그는 몇 번이고 넘어졌지만 줄곧 뛰면서 참았던 소리를 냅다 질렀다. 마을에서는 질러 볼 수 없는 소리였다. 그가 가교사 뒤에 숨어서 구구단을 따라 욀 때처럼 눈물이 찔끔거렸다.

바람에 흔들리는 잡초뿐인 산꼭대기는 황량했다. 그는 바위 밑 풀밭에 팔베개를 하고 누웠다. 산을 오르면서 흥건했던 땀과 무서운 이야기들이 어느 틈엔가 사라지고 없었다. 그가 그렇게 싫어하던 마을도 산 위에서는 아름답게 보였다.

마을에서는 아이들의 병정놀이가 절정에 달하고 있었다. 햇살은 이미 마을을 벗어나 그곳 꼭대기에만 남아 있었다. 그가 그곳에 누워 발 아래로 마을과 숲을 보노라면 마음에 가득 차 있던 상처들이 씻은 듯이 사라져 버렸다.

바람에 흔들리는 산꼭대기의 풀잎들은 호수의 수면처럼 일렁이는 갈색의 물결이었다. 그가 지나온 산등성이의 단풍 숲도 조금씩 흔들리고 있었다. 뻘얼갛게 노을지는 하늘 그 높은 곳에 사냥감을 찾지 못한 솔개 한 마리가 그를 보고 있는 것 같았다.

온 세상이 그의 눈 속으로 들어왔다. 그것은 조용한 풍경화였다. 그곳에서 보는 마을의 집들이란 모두 장난감처럼 다정했다. 빨간 지붕의 성당과 첨탑, 일본식 건물의 우체국과 면사무소, 아이들이 다니는 학교, 늘 시끄러운 제재소와 정미소를 빼면 모두 성냥곽처럼 작았다.

그는 성당 근처에 있는 은행나무와 장미집, 그리고 초가지붕의 그의 집을 쉽게 찾았다. 그의 집 작은 마당가에는 우물이 있고, 우물 옆에는 앵두나무가 두 그루 서 있으며, 구구단을 생각하며 모이를 주던 닭장이 있다. 닭장 속에는 며칠 전부터 알을 낳기 시작하는 암탉 한 마리와 벼슬이 유난히도 붉은 수탉이 여러 마리 있었으나 닭장 속까지는 볼 수가 없었다. 그는 집을 나오면서 비실비실하던 수탉 한 마리를 걱정했다.

아이들의 소리가 장터 근처에서 들려왔다. 아랫동네 아이들이 또 몰리고 있었다. 그들이 불리하면 그곳에서 소리가 났다. 아닌게 아니라 송사리 떼처럼 쫓아다니는 윗동네 아이들의 모습이 그의 눈 속으로 들어왔다.

곧이어 소탕작전의 긴 신호가 마을을 가로질렀다. 윗동네 아이들의 소탕작전은 장터 하수구에서 시작됐다. 그곳은 궁지에 몰린 아랫동네 아이들이 자주 이용하던 곳이었다.

달이는 결과가 뻔한 마을의 상황을 접어 두고 그만 일어났다. 그리곤 바위 위로 올라갔다. 짙은 잉크빛의 포구 앞바다가 섬들 사이에서 모습을 나타냈다. 하지만 포구는 여전히 섬에 가려 보이지 않았다. 막 기우는 햇살이 그의 눈가에서 이슬처럼 반짝였다.

야호, 그는 손나팔을 하고 소리를 쳤다. 그러나 소리는 바다까지 가지 못하고 되돌아왔다.

구칠이 육십삼, 구팔이 칠십이, 구구는 팔십일, 꼬꾸댁 꼬꾸댁 팔십한 마리, 히히히….

그는 웃음이 났고 곧이어 눈물이 찔끔거렸다.

결국 닭벼슬만 하던 늦가을의 짧은 해는 꼴깍 넘어가 버렸다.

해가 진 서쪽 하늘은 발갛게 타고 있었지만 바다의 모습은 점차 저녁 어스름에 흡수되어 버렸다. 서늘한 바람이 그의 가슴을 파고들었다. 그는 추위를 느끼기 시작했다. 벌써 돌아갈 시간이 지났다.

소탕작전을 끝낸 윗동네 아이들이 만세를 부르고 있었다. 어느덧 제재소의 톱 소리도 들리지 않았다. 그의 아버지가 몸 여러 곳에 묻어 있는 톱밥을 털며 투덜투덜 걸어 나오는 제재소의 커다란 대문으로 내일 켤 나무를 실은 트럭이 들어가고 있었다.

하늘에는 노을이 걸려 있는 구름뿐 아무것도 보이지 않았다. 팽이처럼 돌던 솔개는 벌써 제 둥지를 찾아 날개를 접었고, 그가 숲을 오르면서 마주쳤던 토끼들도 두 귀를 새끼의 모가지에 걸치고는 낮에 있었던 그 위험스런 장면을 떠올리고 있었다.

마을과 숲은 어두웠다. 그때 수요 저녁 미사를 알리는 성당의 종소리가 땅과 하늘을 가득 메우고 있었다. 하지만 그의 아버지는 불빛이 밝아 있는 주막에서 언성을 높이기 시작했다.

달이는 마을로 돌아갈 걱정을 하지 않았다. 아니 마을이 싫었다. 그는 바위에서 내려와 풀밭 옆 바위 틈새에 쪼그리고 앉았다. 점점 빛을 잃어 가는 서쪽 하늘의 노을 탓인지 시장기와 피곤이 꿈결처럼 몰려오고 있었다.

잉어깃발

방금 전 내가 앉았던 기차 좌석에 앉은 아가씨가 내 쪽을 물끄러미

보고 있었다. 벳푸- 벳푸- 역 안내방송은 노래하듯 춤추듯 아가씨의 창 쪽에서

올리는 것 같았다. 짧은 시간이었지만 나는 인연을 생각했다.

봄철 한때 일본 큐슈를 가면 벚꽃만이 명물이 아니다. 시골 어디를 가도 공중에 깃발처럼 매달려 펄럭이는 커다란 물고기를 볼 수 있다. 흰 천에다가 화려한 색깔이 칠해진 물고기는 바람이 불면 힘차게 물살을 가르듯 펄럭거렸다. 때로는 굴곡이 많은 산을 배경으로 해서 물고기들이 마치 무리지어 산 위를 날아오르는 것 같은 환상적인 분위기를 만들기도 했다.

처음에는 축제를 알리는 선전 깃발인 줄 알았다. 그런데 그 물고기의 모습이 어딘가 낯이 익었다. 분명 처음 보는 물고기 깃발이었지만 낯이 익다는 것이 아무래도 이상했다. 하지만 그것은 이웃 나라의 문화이기 때문에 닮지 않았겠느냐 정도로 여기고 말았다.

나는 그것을 '잉어깃발' 이라 이름 붙였는데 나중에 알고 보니 진짜 이름인 '고이노보리' 의 뜻과 그다지 어긋나지 않았다. 잉어처럼 힘차게 자라기를 기원하는 뜻으로 사내아이가 있는 집에서 매단다는 것이다. 일종의 일본판 토테미즘인 것이다. 내가 그 고이노보리를 다시 알게 된 것은 엉뚱하게도 '소리' 때문이었는데 설명하자면 좀 복잡하다. 어느 시인은 '소리 없는 아우성'이라는 모순된 표현으로 깃발과 소리의 관계를 형상화시켰지만 내게도 소리와 깃발의 묘한 관계가 결국 '살아 있는 가야의 흔적'이라는 일본 여행의 과제를 해결해 주었다.

그 소리를 처음 만난 것은 큐슈 여행 이틀째인 벳푸역에서였다.

K시의 요청으로 '살아 있는 가야의 흔적을 찾아서'라는 제법 그럴싸한 주제를 가지고 일본의 큐슈 여행을 떠난 것이 지난 사월이었다. K시 시보에 가야의 흔적과 관련된 큐슈 기행문을 쓰는 것인데 일주일 간 여행 경비를 K시가 부담하는 것은 물론이고 특별 원고료까지 약속되어 있었다.

처음엔 '살아 있는'이란 전제가 다소 부담스러웠지만 그깟 기행문이야 문지방을 넘지 않고도 쓸 수 있을 것 같았다. 내가 그렇듯 자신감을 가지게 된 것은 일본의 한 작가가 쓴 한국 기행문 때문이었다. 내용도 내용이지만 책 제목이 참으로 묘했다. 한국 또는 조선이나 반도 기행이라 하지 않고 『가라(韓)의 나라 기행』으로 되어 있었다. '가야'를 뜻하는 일본어 '가라(から)'는 의미가 참으로 복잡하다. 고대 가야를 뜻하기도 하지만 한국 또는 한반도 남쪽을 뜻하는 '韓'의 의미도 있고, 그냥 나라(國)를 의미하기도 하고, 심지어는 중국을 뜻하는 당(唐)의 의미도 있다. 그것은 일본에 살아

있는 가야의 흔적이 많이 있으리라는 믿음을 주기에 충분했다. 아
니래도 나는 최근 거의 집착에 가까울 정도로 우리에게서 '사라져
버린 것'에 대한 관심을 가져왔고, 고대 '가야사'에 대해서도 여
러 편의 소설과 칼럼까지 쓴 바가 있었다.

K시는 가야 고도의 명예 회복을 위하여 문화도시 만들기 사업
을 대대적으로 벌이고 있다. 그 가운데 가장 역점을 기울이는 것이
사라져 버린 가야사를 복원해서 삼국시대를 사국(四國)시대로 바
꾸는 것이다.

고대 5세기 이전 경상도 서남쪽 일원과 큐슈와 혼슈 서쪽은 같
은 나라(연맹체)였거나 최소한 같은 문화권이었다. 물론 그것이
일본 학자들이 주장하는 '임나 가야'의 내용과 비슷하지만 지배의
개념으로 본다면 일본 쪽에서 가야로 진출했다기보다는 오히려
거꾸로라고 할 수 있다. 사실 우리 쪽에서는 연구 성과가 미흡하다
보니 '임나 가야'를 부정하기에만 급급했다. 심지어 경상도 일원
에서 가야 유적들이 나오면 일본 학자들의 주장을 뒷받침하는 것
이기에 감추려는 경향까지 있었다.

아무튼 그런 눈에 보이는 유적이야 큐슈든 경상도든 부지기수
로 널려 있는 것이고, 문제는 현재 삶 속에 살아 있는 '가야의 흔
적'을 찾아야 하는 것이었다. 잘못하면 말짱 허탕을 칠 수도 있었
기에 큐슈 여행이 마냥 놀고만 오는 것이 아니었다. 결국 그 과제
는 여행 끝 날까지 내 발목을 잡았다.

부산에서 배로 후쿠오카에 도착해서 일박을 하고 다음날은 구
마모토로 갔다. 기왕이면 다홍치마라고 웅본(熊本)이라는 한자 이

름이 뭔가 사라진 우리 것과 관련이 있을 것 같아 첫 행선지를 그쪽으로 했다. 백제의 수도가 웅진(熊津) 곧 '곰나루'였으니 '구마'가 '곰'에서 파생했지 않을까 생각했다. 그러나 그것은 백제와 관련이 있는 것이지 가야의 흔적과는 상관이 없었다. 게다가 구마모토성은 임진왜란 선봉장이었던 가등청정이 지은 것이고, 그에 관한 흔적들만 즐비했다.

비교적 느긋한 마음으로 떠나오기는 했지만 막상 현지에서 부딪치니 첫날부터 난감해지기 시작했다. 한국에서도 찾기 힘든 살아 있는 '가야의 흔적'을 도대체 어디 가서 찾는단 말인가. '살아 있는' 흔적을 찾으려면 그들의 삶 속으로 스며들지 않으면 어려울 것 같았다. 일본말은 기본적인 것밖에 구사할 수 없는 나로서는 그들의 삶 속으로 스며든다는 것도 쉬운 일이 아니었다. 그냥 열심히 돌아다니며 많이 보고 많이 느끼는 수밖에 별다른 방법이 없어 보였다. 아는 만큼 보인다고 했는데 아는 게 별로 없으니 차라리 여행 본연의 자세에 충실하여 편하게 다니고 싶었다. 나중에 꼭 '살아 있는 가야 흔적'을 찾지 못한다면 우리나라와 관련된 '살아 있는 다른 흔적'이라도 소개할 요령이었다. 어차피 기간 내 기차는 마음대로 탈 수 있는 패스를 끊었기 때문에 교통비에 대한 부담은 없었다.

그렇게 생각하니 구마모토에서 머뭇거릴 이유가 없었다. 아소산을 거쳐 온천으로 유명한 벳푸로 넘어갔다. 기차가 벳푸역에 도착했다. 출구 방향으로 나지막한 일본식 집들과 산 위에 깔려 있는 짙은 노을이 너무 아름다웠다. 나는 그때 아, 하는 감탄사를 내질렀는데 그것은 너무 아름다운 경치 때문이 아니라 바로 그때 들려 오던 그 '소리' 때문이었다.

벳푸- 벳푸- 역 안내방송은 우리네 역에서 늘 듣던 그런 사무적이고 핏기 없는 소리가 아니었다. 아주 생기발랄한 목소리였다. 그것은 말이었지만 노래하는 리듬이 있었고, 소리였지만 춤을 추는 형체가 있었는데 막 피어오르는 무수한 온천의 김들과 함께 노을 속으로 사라지곤 하는 것이었다. 나는 개찰구로 나가지 않고 잠시 벤치에 앉았다. 담배를 피며 잠시 그 감동을 연장하고 싶었다.

그때였다. 방금 전 내가 앉았던 기차 좌석에 앉은 아가씨가 내 쪽을 물끄러미 보고 있었다. 벳푸- 벳푸- 역 안내방송은 노래하듯 춤추듯 아가씨의 창 쪽에서 울리는 것 같았다. 짧은 시간이었지만 나는 인연을 생각했다. 옷깃을 스쳐도 전생에 최소한 오백 번을 만나야 된다면 아직 내 몸의 온기가 그대로 남아 있는 내가 앉았던 자리에 앉은 아가씨가 내 쪽을 물끄러미 쳐다보는 인연은 어떤 인연일까. 가슴이 찡하게 울려 왔다. 기차는 이내 떠났지만 나는 한동안 그 자리에 그대로 앉아 있었다.

그때 무엇 때문인지 인어 이야기가 떠올랐다. 외로운 바위섬에 올라온 인어아가씨가 그리움 가득 먹은 눈망울로 먼 바다를 보다가 인기척에 놀라 다시 물 속으로 사라져 버린 장면이었다.

불현듯 나는 중년이라는 나이도 국적도 잊어버리고 그녀를 따라가고 싶었다. 다음 기차를 타고 간다 해도 그녀를 만날 확률은 거의 없었다. 그래도 왠지 그녀를 따라가고 싶었다. 어차피 벳푸에 누가 기다리는 것도 아니었고, 여행 과제인 '흔적' 을 찾을 수 있다는 보장이 있는 것도 아니었다. 내가 잠시 망설이던 차에 미야자키행 기차가 왔다. 나는 곧바로 그 남행 열차에 올랐다.

결과적으로 그 판단은 행운이었다. 소리와 깃발이 인연의 관계로 엮이는 계기가 된 것이었다. 그 인어아가씨를 다시 만난 것은 이틀 뒤 이브스키에서였다. 이브스키는 큐슈 최남단인 가고시마에서도 기차로 40여 분이나 더 가야 있는 유명한 온천 휴양도시였다. 나는 이브스키에서 가고시마로 다시 돌아오는 기차간에서 그녀의 바로 옆자리에 앉아 있었다. 그렇게 옆자리에 앉기까지 인어아가씨는 두 차례나 더 내게 나타났다가 사라졌었다.

그 전날 나는 스나무시(모래온천)에서 온통 뜨끈뜨끈한 온천물로 데워진 모래를 뒤집어쓰고 있었다. 남쪽 바다의 잔파도는 발아래에서 찰랑거렸고, 바람마저 알맞게 불어 와 콧노래까지 흥얼거리고 있었다. 그때 어디선가 벳푸역 안내방송 같은 명랑한 목소리가 들려왔다. 혹시나 해서 눈을 슬며시 떠 보았지만 모래 때문에 잘 떠지지 않았다. 꿈인가 생시인가. 유카타를 입은 그녀의 일행들이 다가와 내 옆쪽에 나란히 누웠다. 물론 그녀는 모래를 뒤집어쓰고 있는 나를 알아보지 못했으리라. 아니 모래를 뒤집어쓰고 있지 않았다 하더라도 역에서 스치듯 본 나를 기억하고 있을 리는 만무했다.

나는 그녀들 옆에 나란히 누워 있다는 꽤 흥분된 상황이었지만 이것저것 생각하다가 뜨뜻한 모래 때문인지 찰랑거리는 잔파도 소리 때문인지 깜빡 잠이 들고 말았다. 아뿔싸, 깨어나 보니 스나무시에는 나 혼자만 누워 있었다. 잠시 내가 꿈을 꾼 것인지, 정말 인어아가씨들이 내 옆에 누웠다가 갔는지 도대체 알 수 없었다. 잠을 탓해 봤지만 소용없는 짓이었다.

그녀를 다시 만난 것은 다음날 아침 여관에서였다. 역시 그 소리 때문이었다. 벳푸역에서 들었던 명랑한 아가씨들의 소리 때문에 늦잠에서 깨어났다. 그리곤 벌떡 일어나 이층 창 아래로 목을 빼 보았는데 그 인어아가씨들이었다. 그녀들이 자전거를 빌러 타고 막 떠나려 하고 있었다. 아, 그녀가 페달을 밟다 말고 이층 내 쪽을 쳐다봤다. 벳푸역에서 봤던 눈빛이었다. 그 짧은 순간에도 억겁의 전생들이 스치고 지나갔다. 세상에 이런 인연도 다 있단 말인가. 나는 순간 소리쳐 불러 보고 싶었다. 그녀들은 곧 떠나 버렸다. 물론 나는 곧장 자전거를 빌러 타고 따라나섰지만 그녀들을 만날 수는 없었다. 그래도 유채꽃이 만발한 이브스키 해안은 인어아가씨에 대한 아쉬움을 달래 줄 만큼 아름다웠다.

그날 오후 기어이 그녀를 기차간에서 다시 만나고 말았다. 사실 그것은 우연이라 하기에는 내 쪽의 작위가 조금은 개입이 되어 있었다. 나는 기차를 기다리면서 이미 그녀를 보았고, 그녀가 기차에 오를 때 뒤따라 탄 것이었다. 지성이면 감천이라 했던가. 뭍으로 올랐다가 인기척에 도망치던 인어아가씨를 네 번째가 되어서야 드디어 그 꼬리라도 붙잡은 결과가 됐다. 사실 네 번의 인어아가씨가 동일 인물인지 확신할 수는 없다. 나는 그녀에게 벳푸역과 스나무시에서 나를 본 적이 있느냐고 물어보지를 못했다. 그러나 내게는 같은 인어아가씨일 수밖에 없다. 소리가 가져다주는 인상이 너무 분명했기 때문이다. 사실 그 소리가 아니었다면 모두는 나와 전혀 별개의 사람들이었고, 그냥 스쳐 가는 바람 그 이상은 아니었을 것이다.

휴가철이 아니어서인지 기차는 그리 붐비지 않았고 아가씨의 옆자리는 비어 있었다. 먼저 아는 체하는 나를 그녀는 다행히 알아 봤다. 알아보는 정도가 아니라 나에게 그녀도 호감을 가지고 있는 것 같았다.

그녀의 이름은 마끼꼬였다. 같이 왔던 두 아가씨는 언니와 언니 친구였는데 오사카에서 범선을 타고 왔다가 다음 행선지인 '구다 라' 로 먼저 가고 자신은 친구 만나러 니치난(日南)에 들렀다가 간 다고 했다. 나는 인연이란 말을 하고 싶었지만 일본말을 알 수가 없었다. 그래서 한자로 '因緣' 을 써 보였다. 그녀도 그렇게 생각하 는 것 같았다. 물론 그녀가 생각하는 인연과 내가 생각하는 인연은 굉장한 차이가 있을 것이다. 서로 호감을 가지고 있다지만 몇 가지 궁금한 인적 사항들을 묻고는 별로 할 말이 없었다. 사실 외국 여 행을 하면서 현지 아가씨와의 로맨스는 모든 여행자들의 꿈이라 할 수 있다. 하지만 일본말이 서투른 나로서는 별다른 묘안이 떠오 르지 않았다. 아무리 사랑은 느낌이나 눈으로 말한다지만 그것은 어느 정도 사귐이 있은 뒤에야 가능한 것이었다. 로맨스가 생기려 면 조금 더 고급 언어를 구사할 수 있어야 했다. 그러나 내게 있어 서 먼 이국의 아가씨와 소리로 빚어진 인연을 그냥 지나치기에는 뭔가 아쉬움이 남았다. 그때 창 밖을 보다가 문득 좋은 대화거리가 생각났다. 그것은 큐슈 여행 내내 내 눈길을 따라다녔던 그 '잉어 깃발' 이었다.

“아레와 난데스까?”

나는 손가락으로 ‘잉어깃발’ 을 가리켰다. 아가씨는 뭔가를 대답하는 것 같았는데 잘 알아들을 수 없었다. 그녀도 그것을 잘 모르는 것 같았다. 하지만 그녀는 매우 친절하게 설명하려 했다. 우리는 의사가 통하지 않아 서로 안타까워하고 있었다. 그때 건너 자리에 앉은 노인이 우리 쪽을 관심 있게 보는 것 같았다.

“혹시 한국 사람입니까?”

“그렇소.”

노인은 우리의 어려움을 단숨에 해결해 줬다. 그 물고기는 ‘고이노보리’ 라 하는데 사내아이들이 잉어처럼 힘차게 자라라는 뜻으로 단오 무렵에 높이 매단다는 것이었다. 우리나라 같으면 미신으로 치부되어 벌써 폐기되었을 오래 된 신앙이 저렇듯 살아서 힘차게 펄럭이는 것이 무척 부러웠다. 우리에게는 이제 집단적 에너지를 모으고 발산할 수 있는 그런 신앙이 없다. 혹시나 가야의 흔적은 찾을 수 있을까 해서 그 말의 어원(語源)을 물어봤지만 노인도 그것까지는 알지를 못했다.

물고기 깃발 때문에 우리의 대화는 잘 풀려갔다. 우리는 수첩을 사이에 두고 서로에 대한 신상과 여행의 목적 등을 이야기했다. 말은 서툴렀지만 표정과 필담으로 어느 정도 의사소통이 이뤄졌다. 그러다 꽉 막히면 건너편 노인에게 한두 마디 통역을 부탁하기도 했다.

그녀의 할아버지는 한때 조선에 있었고 조선 문화를 너무 좋아했다. 그래서 그녀의 집에는 조선의 유물들이 많이 있었다. 그녀의 할아버지는 자신을 참 귀여워했는데 시간만 나면 조선 이야기를 했다. 할아버지는 조선 사람보다 조선을 더 좋아했다. 그래서 나를 처음 봤을 때 조선 사람이란 걸 느낌으로 알았다는 것이다. 왠지 모르게 끌리는 것이 있었다고 했다. '혹시 조상이 조선 사람이 아니었을까요?' 라는 그녀의 말은 노인의 통역 없이도 알아들을 수 있었다.

나는 인어공주와 그녀를 관련시키는 표현도 해 봤지만 끝내 거기까지는 이해시키지 못했다. 그것은 노인에게 매번 통역을 부탁하기에 내용도 부담스러웠고, 무엇보다 기차가 곧 종착역인 니시가고시마역에 도착했기 때문이었다. 인어 이야기가 풀려야 그녀에 대한 내 감정의 표현이 가능했지만 어쩔 수 없었다.

일본말이 짧은 것이 안타까울 따름이었다. '만주 보름, 일본 한 달' 이라는 옛말이 있듯이 그 쉽다는 가까운 나라의 말을 두고 우리는 무엇 때문에 저 멀리 있는 영어나 불어를 배운다고 학창시절 머리를 싸맸을까.

뭍으로 나온 인어아가씨를 극적으로 잡았지만 그녀를 붙잡고만 있을 수 없었다. 그녀는 일행을 만나러 가야 했다. 아쉬운 이별의 순간이었다. 그녀는 헤어지면서 "구다라, 강꼬구"하며 손을 흔들었다.

"구다라, 한국?"

나는 그 말을 되씹으며 손을 흔들었다. 고개를 끄떡이며 손을 흔드는 그녀의 눈빛에서 다시 만나자는 여망 같은 것을 느낄 수 있었다.

마끼꼬와 막상 헤어지고 나니 가슴 한 쪽이 너무 허전했다. 여행은 어차피 혼자가 아닌가. 스스로를 위로했다. 자신의 조상을 조선인일지 모른다 생각하는 아가씨에게도 뭔가의 흔적이 있을 것같아 곰곰이 생각해 보았다. 별 차이가 없는 외모를 가지고 흔적을 찾기에는 불가능했다. 그렇다면 무엇일까… 분명 흔적이 있을 것같았다. 내가 마끼꼬에 대한 흔적을 생각하면서 개찰구 쪽으로 걸어 나오는데 조금 전 그 노인이 나를 기다리고 있었다.

"먼 이국땅에서 동포를 만났는데 그냥 헤어지기가 뭣해서…."

노인은 늦었지만 식사라도 같이 하자 했다. 아무리 이국에서 동포를 만났다지만 초면에 신세를 지는 것 같아 조금 망설였다. 그러나 어쩌면 노인에게서 그 가야의 흔적에 대한 답이 나올지 모른다는 생각이 들었다.

"바쁘지 않다면 따라오소. 이곳은 내가 사는 곳이니."

그러고는 저만큼 앞장서 갔으므로 나는 그냥 따라나섰다. 전차 정류장에 멈췄다. 전차 정류장에 지팡이를 짚고 서 있는 노인의 모습은 영락없는 60년대 한국 노인의 모습이었다. 그러고 보니 우리나라에선 벌써 사라져 버린 전차가 일본에 아직 있다는 것이 이상스러웠지만 참 정서적이었고 친근하게 느껴졌다. 전차가 다가왔다.

"조금만 가면 되네."

노인은 전차에 먼저 올랐다. 내가 따라 오르자 노인은 두 사람 분 요금표를 뽑았다. 노인은 빈자리가 있어도 앉지를 않았다. 나는 정말 한두 정거장 가서 내릴 줄 알았다. 그러나 한 20분 이상은 넘게 갔다. 종점이었다. 종점에서 또다시 10여 분 이상을 걸었다. 그때까지도 노인은 아무런 말없이 줄곧 앞서서 걸을 뿐이었다. 봄볕이 좋은 차밭길을 걸어가는 노인의 발걸음은 매우 가벼워 보였다. 봄볕을 밟으며 봄 속을 걸어가는 신선처럼 느껴지기도 했다.

나지막한 구릉 아래 노인의 집은 온통 꽃으로 둘러싸여 있었다. 일본식 집이었지만 어딘지 모르게 우리 전통 분위기가 물씬 풍겼다. 집 안에 들어서자 거기는 일본이 아니라 수백 년을 뛰어넘은 완전한 조선시대 선비의 집이었다.

짙은 묵향과 넓은 창가로 놓인 난초들, 그리고 한눈에도 보통 솜씨가 아닌 글씨들….

"이거 일본에 온 것이 아니라 조선으로 시간 여행 온 것 같습니다."

"그렇소? 한국에는 조선다운 것이 없지."

"그게 무슨 말씀이십니까?"

"굳이 있다면 절간이나, 궁궐이나 박물관에나 있을까…."

"네. 그 점은 저도 안타깝습니다."

"지금 한국 사람들은 조선 민족이 아니네. 조선적인 것을 그들이 가장 싫어했으니까…. 스스로 제 이름을 걷어차 버렸지. 아니 단순히 싫어만 한 것이 아니라 조선이란 말에 심한 열등감까지 가지고 있었지. 물론 일본인들이 부정적인 뜻으로 '조센징'이라 한다 해도 조선인보고 조선인이라는 데 무엇이 잘못 됐는가."

"어떻게 한국말이 그렇게 유창하십니까?"

거침없는 그의 언변에 대한 감탄의 물음이었다.

"사실 난 재일동포가 아니라 십여 년 전에 귀화한 사람이오."

"귀화요?"

나는 그 생소한 단어에 어리둥절해 했다.

노인은 김이 나는 찻잔을 내밀었다. 그는 국문학 교수였는데 정년퇴임을 하고서 바로 일본으로 귀화했다고 했다. 비록 귀화는 했지만 자신이야말로 진정한 선비요, 양반이며, 경상도 사나이라고 했다. '경상도말' 을 이야기했다. 넓게 보면 지방의 말이 다 사라져 버렸으며, 말이 사라졌다는 것은 고유한 문화가 없다는 것과 같다면서 다소 목소리가 높아졌다.

"자기 정체성을 상실한 현실, 그러면서 민족을 이야기하고, 국가를 이야기하지. 나는 그것이 역겨워. 그 무조건 목청을 높이는 족속들 말야. 일본에 오니 우선 그런 꼬라지 보지 않아서 좋아."

"저도 그런 점에서는 불만이 많습니다. 그래도 제 나라를 버리고 선비 입장에선 원수의 나라라고 할 수 있는 일본의 국민이 된다는 것은…."

"제 나라? 무엇이 제 나란가? 진정한 광복이었다면 파괴된 과거 곧 조선 왕조의 복원이 아닌가? 40년 식민의 세월이 흐르는 동안 양반들이 몰락하면서 주류가 바뀌어 버렸지. 상놈의 세상이 된 것이야. 미국과 일본이 아니래도 그들은 조선을 선택하지 않았을 것이다. 나는 그 구역질나는 상놈의 문화가 견딜 수가 없었어. 일본이 좋아서보단 우리 것이 없어서 일본을 선택했다 할까. 온통 서양적인 것이 도배질한 우리 땅보다 우리 조선적 문화를 더 닮고 간직하고 있는 일본을 선택한 것이지. 일제 때는 일본을 무지무지 싫어한 사람이야. 그런데 지금 왜 일본에 귀화했느냐고?"

나는 수긍했다. 온통 아파트와 서양식 건물로 둘러싸인 우리네 강산과 나지막한 기와집이 대부분인 일본의 모습에서 집뿐 아니라 고이노보리와 같은 전통이 사라진 우리 모습에서 어느 것이 과연 우리의 본질과 더 가까운가를 생각해 봤다.

"저는 우리 역사의 오점은 일본의 식민 지배를 받았다는 것보다 그것을 극복하지 못한 것이라고 생각하는데요?"

"물론. 나도 그 점에서는 동감이네. 문화에는 원산지가 없네. 극복이란 자기 정체성이 확고할 때 그 중심에서 남의 문화를 수용하는 것이지. 설령 오점이라 해도 그 오점을 그대로 받아들고, 다시는 그것을 되풀이하지 않는 게 더 중요하네. 굳이 오점을 논한다면 우리 역사에서, 아니 다른 나라 역사에도 무수히 많네. 조선 후기 내내 이를 갈았던 북벌론도 그렇고 모두가 목소리만 높이고 이만 갈았지 그 어떤 대안을 가지고 실행하지는 않았어."

"위기였지만 기회가 될 수 있었다 그 말씀이로군요."

"연암 선생이 열하에 일주일 머물면서 자신이 평생 배운 것보다 많은 것을 보았다 할 정도로 당시 청에는 국제교류가 활발했고 그만큼 청나라는 타 문화에 대해 매우 개방적이었다. 실현 가능성 없는 북벌론으로 흥분할 일이 아니라 그 너머를 볼 줄 아는 안목이 없었던 거야. 연암 같은 사람이 별로 없었다는 것이 오점이라면 오점이지. 작은 나라가 힘이 없어 당하는 걸 어쩌겠나. 명나라는 변발까지 강요당하며 청의 직접 지배를 받았지만 결과적으로는 청이 오히려 중국 문화에 잡아먹히고 만 꼴이 아닌가. 그게 문화의 힘이라는 것이야. 우리가 비록 식민 치하에서 일본적인 것이 조선 속에 많이 스며들었지만 거꾸로 조선적인 것도 일본 속에 스며들었네. 문화의 영향력을 따지자면 한일의 긴 역사 속에 36년은 아주 짧은 기간이며 나머지 대부분은 오히려 우리 것이 일본 속에 훨씬 많이 스며든 것이라 할 수 있지. 그들이 하늘처럼 떠받드는 천황의 가계가 백제의 혈통이요, 그들이 자랑하는 도자기 문화 역시 조선에서 건너간 것이고, 그들 기업 정신의 바탕은 백제인들이 세운 기업이며, 그들이 자랑하는 대부분의 문화재와 문화가 모두 조선으로부터 물려받은 것이며 심지어 그들의 말과 문자까지 우리의 절대적 영향을 받았지…."

나는 노인의 집에서 늦게까지 마지막 남은 조선 선비의 연설에 가까운 주장을 들었지만 모처럼 옛 선비를 만나 시사만 논하다가 내 여행의 화두인 '가야'에 관해서는 한마디도 물어보지 못하고 말았다. 그래도 노인에게 우리의 근본적인 흔적이랄 수 있는 '민족의 정체성'을 본 것은 큰 다행이었다. 그것 역시 흔적과 전혀 별개의 일은 아니었다.

노인과 헤어지면서 마끼꼬가 간다던 '구다라'에 대해서 물어봤다.

"일본에서는 백제를 '구다라'라 하더군. 백제가 망하면서 건너온 백제 왕족들이 세운 마을이네. 난고손(南鄕村)이라고도 하지…."

아, 그제야 그녀가 "구다라, 강꼬구"라고 말한 이유를 알았다.

다음날 나는 가야 흔적에 가장 기대를 걸고 있던 신화의 발생지라는 기리시마에 들렀다. 하지만 그곳은 오래 된 신사뿐 아무것도 없었다. 그저 신사의 상징인 '토리' 란 이름이 '새' 라는 뜻이고 모양도 우리네 솟대와 비슷하다는 생각을 했을 뿐이다. 하지만 그것 역시 가야만의 흔적이라 할 수 없었다. 그때 다시금 '구다라' 가 떠올랐다. 가야 연맹체 가운데 '다라가야' 가 있었다. 어쩌면 구다라에서 마끼고도 만나고 가야의 흔적도 찾을 수 있을지 모른다는 기대감이 밀려왔다.

나는 점심도 잊은 채 닛포센(日豊線)을 타고 휴가(日向)까지 가서 버스로 갈아탔다. 모든 표기는 백제마을(百濟里)로 되어 있지만 읽기는 '구다라' 였다. 간혹 낡은 표지판 같은 데서 히라가나로 '구다라' 로 표기되어 있었다. 한 시간 조금 넘게 산골로 들어가니 입구에는 한국풍의 장승이 서 있었고 커다란 글씨로 백제의 마을 (百濟里)이라 쓰여 있었다.

구다라에는 백제가 있었다. 한국인 안내인도 있었다. 살아 있는 백제의 흔적은 뚜렷했다. 구다라의 유명한 축제가 그것이었다. 옛날 고개를 사이에 두고 살았던 백제의 왕자 형제는 일 년에 한 번씩 고개를 넘어와 만났다. 그 행사가 천 년이 넘도록 이어지고 있었다. 그러나 가야의 흔적은 찾을 수 없었다. 마끼고도 없었다. 나는 '다라가야' 와의 연관성을 알아봤지만 옛날 백제를 가리켜 '큰 나라' 곧 '구다라' 라고 했다는 안내의 설명으로 봐선 가야와는 연관성이 없었다.

'구다라' 란 곳이 생각보다는 지역이 넓어서 마끼꼬를 다시 만난다는 것은 불가능해 보였다. 지역만 넓은 것이 아니라 언제 그녀

가 구다라에 올 지도 알 수 없었고, 그녀의 말을 내가 얼마나 정확
하게 해독했는지도 알 수 없었다. 그렇다고 마냥 기다릴 수만은 없
었다. 게다가 그날은 출항지인 후쿠오카와 가까운 벳푸까지 가서
일박을 해야 귀국일정을 맞출 수 있었다. 인연이 있으면 다시 만나
겠지…. 나는 너무나 아쉬운 한 인연을 접으며 구다라를 떠날 수밖
에 없었다.

벳푸에 도착했을 때 벌써 날은 저물어 있었다. 가급적 일본 전
통 여관에서 묵고 싶었다. 그래서 전통 온천여관이 많다는 고개를
넘었다. ‘고가네’ 라는 간판이 발길을 잡았다. ‘고개를 넘어 가네’
정겨운 우리말이 겹쳐져 재미있다는 생각을 했다. 그 이름에 뭔가
한국의 흔적과 관련이 있을 것도 같았다. 아무 곳이건 파면 온천이
나온다는 벳푸에서는 어느 여관이고 온천이 있었다.

고가네 여관에도 크지는 않았지만 아담한 온천탕이 좋았다. 목
욕 후 한결 좋아진 기분으로 저녁상이 차려진 큰방으로 갔다. 손님
들이 그리 많지는 않았다. 한국에서 온 신혼부부가 내 옆에서 상을
받았다. 말이 신혼이지 나이는 삼십대 중반쯤 되어 보였다. 간단하
게 인사하고 식사를 했다. 부산에서 결혼하고 곧장 왔다 했다. 결
혼 전에도 오래 사귀었는지 식사 중에도 둘은 시종 깔깔거리며 재
미있어 했다.

저녁을 먹은 뒤 시내를 좀 돌아다니다가 여관으로 돌아와 혼자
서 쓸쓸히 맥주를 마시는데 갑자기 골목이 시끄러웠다. 일본 사람
들은 남에게 피해주는 것을 싫어한다더니 우리와 같다는 생각이
들었다. 게다가 남녀가 싸우는가 본데 괄괄한 소리가 부산의 어느

골목에서도 흔히 들을 수 있는 낯익은 소리였다. 그런데 그 소리가 점점 너무 귀에 익다는 생각이 들어 창 쪽으로 가서 밖을 내려다봤다. 아뿔싸, 조금 전 그 부산에서 왔다는 부부였다. 부부는 그냥 싸우는 것이 아니었다. 여자는 짐을 꾸려 배낭을 들고 있었다. 곧 떠날 태세였다. 내가 급히 나가서 만류했으나 여자는 기어이 고개를 넘어가 버렸다. 그야말로 여관의 이름처럼 '고개를 넘어가네' 가 되어 버렸다. 여관으로 같이 들어와 위로의 맥주를 마시는 중에도 남자는 분기를 쉽게 삭이지 못하고 있었다.

"멀리까지 와서 왜 그렇게 싸웠어요?"

"독도 때문에…."

남자는 한숨 섞인 담배를 뿜었다.

"독도?"

나는 너무 어이가 없어 다시 물었다.

"자기 주장을 절대 굽히지 않아요. 독도도 그렇고 이번 일본 여행 온 것도 그 똥고집 때문이오. 이놈의 쪽바리 나라에 뭐 보태 줄 끼 있다고…."

남자는 여자 때문에 원하지 않는 일본에 왔다.

"왜요. 부인께서 독도가 일본 땅이라고 우깁디까?"

"어쩌다가 그놈의 친일파 조영남이 이야기가 나와서 옥신각신 하다가 결국 독도까지 갔죠. 조영남이가 친일파가 아니라는 것까지는 참을 수 있었는데 독도에 대해서 흥분하지 말라는 말은 정말 참을 수 없습니다."

"그렇네요. 당장 어떻게 될 것도 아닌 독도 문제가 본인이나 본인의 가정보다 중요한가요?"

"중요하지요. 우리나라의 운명이 걸린 문제 아닙니까?"

"네. 대단하십니다. 선생 같은 애국지사가 있는데 대한민국은 정말 대단한 나라입니다."

"애국지사? 무슨 그런 거창한 말씀을 하십니까?"

애국지사가 아니고서야 어떻게 한 가정을 그렇게 쉽게 60년 동안 나라끼리도 해결 못 하는 어려운 분쟁문제와 바꾸겠는가. 나는 반문하지 않았다. 그때 가슴에 '독도는 우리 땅' 이란 띠를 두르고 지하도에 앉아 있던 노숙자의 모습이 그의 얼굴 위로 겹쳐졌다. 도대체 독도와 그 노숙자는 무슨 상관이 있을까. 오늘 내가 들어가 쉴 한 평의 공간도 없이 이 사회에서 버림받은 사람이 독도가 우리 땅이건 일본 땅이건 무슨 상관이란 말인가. 차라리 나에게 한 푼 달라고 하는 것이 더 진실된 모습이 아닐까. 정말 구한말에 애국지사가 없어서 나라가 망했을까 하는 생각이 들었다.

우리가 주거니 받거니 한창 주기가 올라 있을 때 다시는 오지 않을 것 같던 신부가 다소곳한 모습으로 나타났다. 신랑의 얼굴이 금방 활짝 펴졌다. 나는 슬그머니 일어나 내 방으로 건너와 버렸다. 신혼부부도 복도 끝에 있는 자신들의 방으로 갔는지 조용했다. 이부자리를 펴고 누웠다.

벌써 내일이면 여행이 끝난다. 과제에 대한 걱정이 슬그머니 고개를 쳐들었다. 가야의 흔적은 아니었지만 백제나 조선의 흔적을 보았다. 정 찾지 못하면 그것이라도 쓸 요령이었다. 멀리서 뱃푸-뱃푸- 하는 그 소리가 들릴 듯 말 듯 고가네 여관으로 고개를 넘어

왔다.

스르르 잠이 들려는데 어디선가 까르르 웃으며 장난치는 남녀의 소리가 들려왔다. 남녀라지만 주로 여자 목소리였다. 마끼꼬의 얼굴이 언뜻 스쳐 갔다. 분명 일본 여자의 목소리라고 여겼는데 소리가 들려오는 위치가 복도 끝인 걸 보면 그 신혼부부일 가능성이 높았다. 그러나 나는 오는 잠을 털며 방 밖을 나가서 확인까지 할 마음은 없었다.

일본말과 경상도말이 닮았다는 것은 알지만 좁은 복도 하나를 사이에 두고도 분간을 못 할까. 그때 문득 머리를 스치는 것이 있었다. 왜 나는 그 생각을 못 했을까. 경상도말과 일본말이 유사하다는 것은 옛날 같은 문화권이었고, 그 흔적이란 언어가 아닌가. 그래, 저 억양을 보라고. 나는 가볍게 흥분하기 시작했다. 벳-푸-낮게 시작해서 뒷부분이 올라가면서 길게 내는 발음은 전형적인 경상도, 그것도 부산이나 마산 같은 경상도 곧 가야 지역 여자들의 억양이었다. 특히 그런 억양은 애교를 부릴 때 심했다. 저 생기발랄한 억양이 가야의 흔적인 것이다. 아, 나는 정말 위대한 발견을 한 것이다. 내가 그 소리에서 인어아가씨를 떠올린 것은 우리의 옛것에 대한 막연한 그리움 때문이요, 마끼꼬와 인어아가씨를 동일시한 것 역시 그 억양에서 느끼는 어떤 동질성 때문이었다는 생각이 들었다.

그때 천장 위로 수염이 길고 비늘의 선이 크며 눈이 부리부리한 잉어깃발이 떠올랐다. 정확하게 말하면 잉어깃발이 아니라 빛이 바랜 커다란 물고기 그림이었다. 언젠가 만어사(萬魚寺)에서 보았던 그림이었다. 두 물고기는 닮아 있었다. 그것 때문에 고이노보리는 내가 처음 본 것이 아니었다. 만어사의 커다란 물고기, 곧 잉어 그림은 가야시대 이전부터 내려오던 가야 지방의 민간신앙일 것이다. 그리고 보니 '고이노보리'란 이름마저도 가야 냄새가 물씬 풍겼다. 경상도 지방에서 물고기를 그냥 '고기'라고 한다. '고기'와 '고이'는 음운의 강약 차이에 불과하다. '깃발(旗)'을 뜻하는 순우리말이 '보'이고 보면 '보리'는 '보'가 보자기와 봇다리 등으로 활용하는 것과 매우 흡사하다. 관형접사 '노'를 빼면 '물고기 깃발'이 되는 것이니, 이것 또한 가야의 살아 있는 흔적이 아니고 무엇인가.

굴곡이 많은 산을 배경으로 힘차게 펄럭이는 '고이노보리'가 낮은 천장에 떠올랐다. 눈을 감았는지 떴는지 내가 누워 있는 정면의 천장은 극장의 화면처럼 생생한 영상을 제공하고 있었다. 처음의 장면이 흘러가자 푸른 동해가 나타났고, 이어 그 바다에서 수만 마리 싱싱한 잉어 떼들이 일제히 날아올라 산 위에 내려앉았다. 그 잉어들은 모두 바위로 변해 있었다. 가야 시조왕의 전설이 있는 만어사(萬魚寺)의 모습이었다. 만어사는 가야 사람들의 잉어 토템을 바탕으로 세워진 사찰이다. 만어사뿐 아니라 범어사니 신어산이니 하는 물고기와 관련된 이름들이 옛 가야 지방에 많이 남아 있다. 싱싱하게 하늘을 차오르는 잉어의 기운은 가야의 신앙이자 문화가 확실했다. 가야의 흔적은 뜻밖의 곳에서 쏟아져 나왔다. 나는 스스로 신대륙을 발견한 것처럼 기뻤다.

오래 된 가야의 소리가 벳푸역에 남아 있었고, 오래 된 가야의 신앙이 깃발로 남아 봄철 큐슈 하늘을 힘차게 펄럭이고 있는 것이다. 가야는 분명 그 속에 살아 있었다.

복도 끝방의 웃음소리는 다시금 남자 소리가 압도하면서 거칠어졌다. 이번에는 남자 쪽에서 고개를 넘어갈 것 같았다. 그래도 나는 일어나지 않았다. 아니 일어날 수가 없었다. 그 고개 저쪽에서 벳푸-, 벳푸- 하는 역 안내 소리가 꼭 옛날 어머니가 들려주던 자장가처럼 푸근한 우리말(경상도말)로 자꾸만 넘어오고 있었기 때문이었다.

우리 집에 왜 왔니

-처용아비

❀ 　중국의 어느 부족에선 아직도 결혼하기 전 신께 몸을 받치는 의식이 있답니다. 신이 없고 그래서 신화가 없는 이 시대에 결혼과 상관없이 자신이 가장 소중하게 생각하는 것을 받친다는 것은 고귀한 일이 아닐까요. 세상에 그 누구보다 사랑하는 선생님과 결혼할 수 없는 것이 현실이라면 저는 제 처녀를 선생님께 받치고 결혼하고 싶었습니다.

휴일 경주 가는 길은 몹시도 붐볐다. 버스는 가다 서다를 반복했지만 창 밖으로는 가을이 한창이었다. 하늘이 너무 맑아서일까 나는 창 쪽에 거의 시선을 고정시킨 채 무념무상의 상태로 앉아 있었다. 그러다가 선잠까지 들었던 모양인데 아랫도리가 묵직하게 차올리서 단잠은 오래 가지 못했다. 빈뇨(頻尿)증세가 심한 나는 언제나 깊은 잠을 잘 수가 없었다. 분명 버스를 타기 전 화장실을 다녀왔다는 생각에 원망스러이 아랫도리를 내려다봤다. 그러나 소변이 마려운 것은 아니었다. 잠결에서 본 처용무가 너무 관능적이었던 것 같았다. 커다란 코와 눈 그리고 입과 느릿느릿한 춤이 내 성 감각을 자극했던 것이었다.

희미한 옛사랑의 그림자….

나는 처용무를 생각하다가 느닷없이 건져 올린 그 생소한 언어에 대해 잠시 혼란에 빠졌다. 어쩌면 그 혼란은 연이 남편이라는 사람의 편지를 받은 뒤부터인지도 모른다. 그러니까 그 편지를 받은 것은 열흘 앞서서였다. 짧은 편지에는 그녀가 나를 꼭 만나고 싶어한다며 '처용 기행'에 함께 갔으면 했다. 물론 편지에는 연이의 근황이 짧게 소개되어 있었지만 나를 혼란스럽게 했던 것은 그녀가 나를 만나고 싶어한다는 것보다는 그 소식이 그녀 남편이라는 사람으로부터 왔다는 것이었고, 더욱이 그들 부부와 동행하는 만남이었기 때문이었다.

처용 기행에 대해서는 동봉한 행사 팸플릿으로 어느 정도 감을 잡을 수 있었지만 십여 년 전에 내 앞에서 눈물을 보이며 미국 유학을 떠난 연이가 귀국한 지 일 년이 넘도록 소식이 없다가 뒤늦게 만나자고 하는 것도 그렇고, 본인이 아닌 남편이라는 사람이 소식을 전하는 이유를 아무래도 알 수가 없었다. 연이의 남편은 미국에서 원시무용을 전공했고, 귀국해서는 처용무에 빠져 몇 편의 논문까지 쓴 처용 전문가였다. 마침 울산에서 열리는 처용제에 강사로 초빙되어 가는 길에 같은 연구회 회원들을 중심으로 처용 기행 행사를 마련한 것 같았지만 나로서는 영 마뜩치가 않았다. 그래서 나는 오늘 아침까지도 갈까 말까 망설이다가 뒤늦게 출발했었다.

비록 십여 년이란 짧지 않은 세월이 흘렀지만 그녀는 여전히 내 마음속에 그 어떤 그리움으로 남아 있었고, 그녀 또한 나를 꼭 만나고 싶다니 일단은 가 보는 수밖에 없었다.

그때 그녀와 마지막 밤을 보낼 때, 우리는 경주 부근에 있는 어느 조그마한 암자에 있었다. 달빛이 유난히 밝았던 그날 밤 우리는 서로가 별 말이 없었다. 그저 벽에 등을 기댄 채 달빛이 쏟아지는 절집 문창만을 하염없이 바라보고 있었을 뿐이었다. 우리는 끝내 스승과 제자라는 관습의 벽을 넘어 서로에게 다가가지 못했었다. 나는 세상의 모든 쓸쓸함과 공허함만이 가득했던 그날 밤을 잊을 수 없었다. 그리고 그녀는 유학을 떠났고, 결혼을 했다. 우리의 사랑이란 애초에 이루어질 수 없는 것이었기에 그렇게 아쉬워할 것이 못 되었다. 그렇기에 십 년이란 세월은 우리의 애틋한 사랑마저도 추억의 저편으로 밀어내기에 충분했는지도 모른다.

경주 톨게이트를 빠져나온 버스는 여전히 거북이 걸음이었다. 버스 앞에 걸린 시계는 벌써 약속 시간인 열 시를 삼십 분이나 넘어서고 있었다. 그러나 나는 별로 급하지 않았다. 휴일의 도로 사정을 감안해서 서둘러야 했었지만 별로 내키지 않는 걸음이라 서두를 이유도 없었다.

결국 나는 한 시간이나 늦게 터미널에 도착했다. 버스에 내려서도 나는 할 일 없는 사람처럼 자판기 커피까지 뽑아 마시면서 담배를 물고 어슬렁어슬렁 약속 장소인 주차장 앞 벚나무 아래로 갔다. 예상처럼 연이도 그의 남편도 보이지 않았다. 여러 사람이 함께 가는 기행인데 한 시간이나 가까운 시간을 기다려 주기를 기대한 것은 무리였다. 차라리 잘 되었는지 모른다는 생각이 들었다. 그러나 막상 되돌아가려니 뭔가 아쉬움이 남았다. 그 벚나무에 기대어 담배를 다시 피워 물며 무심히 먼 산을 바라보고 있었다. 산 위로 펼쳐진 늦가을의 경주 하늘은 참으로 맑았다. 그 맑은 하늘이 오늘따라 십 년 전의 그날 밤처럼 너무 쓸쓸하게 다가왔다.

기왕 오려면 일찍 나서든지 아니면 오지 말든지… 나는 매사에 우유부단한 성격을 탓하며 때늦은 후회를 했다.

"박 선생님이시죠?"

그때 연이 대신에 이목구비가 크고 뚜렷한 사내가 다가왔다. 사내는 연이의 남편이었다. 그의 환한 미소 탓이었을까. 초면의 어색함은 별로 느껴지지 않았다.

"혹시 안 오실 줄 알고 걱정을 많이 했습니다."

하지만 그가 연이 남편이라는 사실에 나는 자꾸만 어깨가 움츠러들었다.

"이렇게까지 기다릴 필요는 없었는데…."

"길이 엄청 막히죠?"

나는 모습이 보이지 않는 연이에 대해 묻고 싶었으나 왠지 말이 떨어지지 않았다. 아마 내가 너무 늦어서 연이는 일행들과 일정을 따라가고 그는 나 때문에 남아서 기다린 것 같았다.

"가시죠."

그는 자신의 차로 안내했다. 꽤 고급 차였다.

시동이 아주 부드럽게 걸렸다. 그는 차를 천천히 몰았고 꽤 여유가 있어 보였다.

"선생님과 함께 기행을 하고자 했지만 불편하실 것 같아서 제가 따로 모시기로 했습니다."

"괜히 나 때문에 폐를 끼치는 것 같습니다."

"아닙니다. 연이 씨가 선생님을 뵙고 싶어하는 것 이상으로 저도 선생님을 뵙고 싶었습니다."

"별로 내세울 것도 없는 사람을…."

"아실런지는 모르겠지만 저는 요즈음 설화에 빠져 있습니다. 그래서 설화를 바탕으로 한 선생님의 소설을 너무 좋아합니다."

"부끄럽습니다."

그것은 진심이었다. 물론 나는 그가 읽었다는 작품에 대해 인사치레로 한 말이었지만 그것보다는 어린 제자와의 사랑이라는 것이 막상 그 이해당사자인 그를 대하는 순간 부끄러움으로 치밀어 올라왔던 것은 사실이었다.

"그런데 선생님, 처용에 대해서도 소설을 한번 써 보시지요?"

"박사님이 전문가인데 감히 필을 함부로 돌릴 수 있겠습니까?"

우리는 처음으로 같이 웃었다. 농담과 웃음 탓인지 애초에 그에게 가졌던 질투나 열등감 같은 경계심이 훨씬 누그러들었다. 그러나 우리의 대화는 거기서 진전되지는 못했다.

도대체 어디서 그를 보았을까….

나는 어딘가 모르게 낯이 익은 그의 인상에 대해 기억을 더듬어 보았으나 도무지 그와 내가 만났을 경우가 없었다.

"안강에 있는 홍덕왕릉으로 갑니다. 아마 그쪽이 맘에 드실 겁니다."

"홍덕왕릉이라… 이름은 들어봤지만…."

"왕이 수절했다면 믿으시겠습니까. 부인을 너무 사랑한 나머지 죽어서도 부인과 함께 묻힌 능이지요."

나는 그 왕릉이 처용과 무슨 관련이 있는지 알 수 없었다. 사실 처용 기행에 대한 관심보다는 연이의 일이 궁금할 따름이었다. 하지만 그는 나의 그런 마음을 아는지 모르는지 흥덕왕에 대한 여러 가지 이야기만 풀어놓았다.

"거기에 더욱 재미있는 설화가 있습니다. 흥덕왕이 즉위한 지 얼마 안 되어 당나라에 사신으로 다녀온 사람이 앵무새 한 쌍을 가져왔답니다. 오래지 않아 암놈은 죽고 수놈이 슬피 우는지라, 왕이 거울을 앞에 걸어 두게 했는데, 수놈이 거울 속의 제 모습을 짝으로 여기고 거울을 쪼다가, 짝이 아님을 알고 슬피 울다가 죽었답니다. 이에 왕이 노래를 지어 불렀다는데 불행히도 노래는 전해지지 않습니다."

그의 이야기는 어색한 분위기를 그런대로 잘 풀어 가고 있었다.

"흥덕왕과 부인의 관계를 나타내는 상징이다 말이죠."

별로 할 말이 없는 나는 예의상 대꾸는 했지만 왜 거기로 가는지 궁금해서 그의 이야기에 몰입할 수가 없었다.

"선생님께서 관심을 가지실 줄 알았습니다. 흥덕왕이 즉위한 해에 부인이 죽었는데 군신들이 재혼을 청해도 '척조(隻鳥)가 짝을 잃어도 슬퍼하거늘 어찌 사람이 짝을 잃었다고 다시 아내를 맞겠는가' 라면서 시중드는 여자도 가까이하지 않았답니다."

"처용 이야기와는 어딘지 어울리지 않는 것 같습니다."

"그렇지요. 성이 자유로웠던 당시 입장에서 보면 분명 흥덕왕이 정상에서 벗어나 있지요. 그래서 더욱 귀한 것이 아닐까요. 하지만 저는 생각이 조금 다릅니다."

"어떻게요?"

"한 남자가 한 여자를 사랑했다는 것과 성적 자유는 다른 문젭니다.”

어째 이야기가 조금 이상한 방향으로 가는 것 같아서 나는 바깥의 화창한 가을 날씨로 화제를 바꾸었다. 엄연히 그의 아내인 연이를 만나려는 상황에서 그와 같은 이야기는 어색할 수밖에 없었다.

한 삼십 분 뒤에 왕릉에 도착했다. 왕릉의 입구는 왕릉이라 하기에 너무 초라했다. 무덤을 둘러싸고 있는 소나무들도 여느 신라 왕릉의 장대한 소나무와는 다르게 나지막하고 구부러지고 뒤틀어지고 볼품이 없었다. 그런데 그것이 오히려 이상한 분위기를 만들고 있었다. 모두가 틀어져 꼬여 있는 것이 마치 전생에서 못 다한 사랑을 나누는 것처럼 서로를 부둥켜안고 하늘을 향하고 있었다.

“나무도 서로를 지극히 그리워하면 저렇듯 몸을 맞대어 살아나가나 보죠. 앵무새 설화를 생각하면 자연법칙이라는 느낌이 듭니다만…”

그는 ‘자연법칙’ 이라는 마지막 말에 약간의 악센트를 넣었다. 나는 그 말에 힘을 얻어 연이를 만나는 것에 조금은 떳떳해지고 싶었다.

숲에 들어서면서 느꼈던 이상한 분위기란 것은 어쩌면 천 년을 간직한 그 그리움이었을 지도 모른다. 그래선지 숲 속으로 들어갈수록 꿈을 꾸는 것 같아 그가 들려주는 말소리조차도 소나무에서 들려온다는 착각을 일으킬 정도였다. 제 아무리 경주에는 옛 비밀을 많이 간직하고 있다지만 이렇듯 숨겨진 사실들이 있다는 것은 놀라운 일이 아닐 수 없었다.

숲길을 빠져나와 커다란 봉분을 한 바퀴 돌 때까지 그는 매우 느리게 걷고 있었지만 어딘가 모르게 불안해 보였다. 나는 그것이 내가 늦게 온 탓이리라 생각하니 미안하기 짝이 없었다. 그때 그의 허리춤에서 핸드폰 벨 소리가 들려왔다. 그는 내게 가볍게 목례를 하고는 뒤돌아서서 핸드폰을 받았다. 그리곤 알았다며 곧 전화를 끊었다.

"선생님 죄송합니다만 잠깐 다녀와야겠습니다. 그쪽에 약간의 문제가 발생한 모양입니다. 왕릉을 돌아보시고 혹시, 지겨우시면 저기 입구 가게에서 소주나 한 잔 하고 계십시오. 곧 오겠습니다. 아참,"

그리고 그는 황급하게 돌아서려다 말고 안주머니에서 하얀 봉투를 내밀고는 곧바로 숲길로 되돌아갔다.

그가 사라진 숲길은 그 소나무 둥치들이 수없이 얽히고 얽혀 마치 이승과 저승의 갈림길 같았다. 꿈이 아닐까. 간혹 너무 생생한 꿈을 꿨을 때 장자의 '나비 꿈' 처럼 꿈과 생시를 구분하기 어렵듯 혼란스러웠다. 나는 그 자리에서 그저 멍하니 뭔가에 홀린 듯 그가 사라진 숲길을 바라보고 있었다. 그때 숲에서 한 무리의 아이들이 뛰쳐나와 무덤 쪽 잔디밭을 뒹굴었다.

필시 연이에게 무슨 일이 있는 것 같았다. 왠지 연이의 편지를 바로 뜯어 볼 수가 없어 기행 자료집을 더듬었다. 자료집에는 이미 왕릉을 다녀간 몇몇 시인들의 시도 실려 있었으나 문장 따라 눈길만 흘러갈 뿐 연이에 대한 걱정을 밀어내지는 못했다. 문득 조금 전 그가 읊었음직한 시구에 눈길이 멎었다. "숭시버러라, 그리운 여자들…" 그가 굳이 자료와 편지를 함께 전해 주는 까닭이 있을

것 같았다. 나는 정말 '숭'스러운 마음으로 연이의 편지봉투를 뜯
었다.

　중국의 어느 부족에선 아직도 결혼하기 전 신께 몸을 받치는 의식
이 있답니다. 신이 없고 그래서 신화가 없는 이 시대에 결혼과 상관
없이 자신이 가장 소중하게 생각하는 것을 받친다는 것은 고귀한 일
이 아닐까요. 세상에 그 누구보다 사랑하는 선생님과 결혼할 수 없는
것이 현실이라면 저는 제 처녀를 선생님께 받치고 결혼하고 싶었습
니다. 물론 이것이 선생님과의 사랑을 마감하는 일이었기에 가슴 아
픈 일이었지만 그렇지 않고서는 결혼을 한다 해도 그 남자를 진심으
로 사랑할 수 없었습니다. 그런데 결과적으로 그 일은 결행에 옮기지
못했습니다.

　그것은 제 스스로가 관습이라는 벽을 넘을 만큼의 용기가 없어서
였습니다. 몇 번이고 당신께 편지를 썼다가 찢어 버렸습니다. 지난
시절 당신에게 그랬던 것처럼 저는 제 뜻을 바로 전달할 수 없었습
니다. 만에 하나 당신의 그 호의에 누를 끼치지 않을까 염려해서입
니다. 그러다 결국 결혼했습니다. 하지만 당신에 대한 나의 사랑은
결혼을 한 뒤에도 여전했습니다. 그것은 아마 죽을 때까지도 변하지
않을 것입니다. 그리고 다시 세월이 흘렀습니다. 여고 시절처럼 당
신의 사랑은 하나의 관념으로 남아 있었습니다. 그 관념은 때때로
나의 크나큰 괴로움이었습니다. 당연히 남편과의 사랑은 온전할 수
가 없었습니다. 남편 쪽에서 먼저 물어왔습니다. 저는 남편에게 모
든 것을 솔직하게 털어놓았습니다. 그것은 남편의 사랑에 대한 믿음

때문이었습니다. 물론 이 일을 남편이 순순히 받아들인 것은 아니었습니다.

그렇다고 지금의 제 남편을 진심으로 사랑하지 않은 건 아닙니다. 문제는 지금의 제 남편을 진정으로 사랑하듯 여전히 당신을 사랑하는 마음도 조금도 변하지 않았다는 것입니다.

나는 편지를 접고서 무덤 옆에 누웠다. 가슴이 심하게 울렁거리기 시작했다. 편지를 읽고 있을 동안 저만큼서 놀고 있던 아이들의 소리가 또렷이 다가왔다.

우리 집에 왜 왔니, 왜 왔니.
꽃 찾으러 왔도다, 왔도다.
무슨 꽃을 찾겠니, 찾겠니…

어린 시절에 계집아이들과 손을 잡고 놀면서 부르던 노래였다. 아직도 저런 놀이를 하는 아이들이 있었구나 하는 반가움에 아이들을 살폈다. 그러나 아이들은 다른 놀이를 하고 있었다. 내가 잘못 들은 것일까. 그런데 내 아랫도리는 아까 버스에서처럼 빳빳하게 솟아 있었다. 난 다시 아이들 놀이 속에 있는 처용무를 본 것이었다. 일어나 앉았다. 파란 하늘엔 구름 한 점 없었다.

딱 한 번 본 처용무의 공연이었는데 그렇듯 생생하게 재생될 수는 없었다. 액을 몰아낸다는 처용춤인데 내게는 어째서 아랫도리를 자극하는지 알 수 없었다. 고대 신라의 춤이 천 년이라는 세월에도 사라지지 않고 내 선잠에까지 재생되는 그 생명력의 원천은 무엇일까.

나는 다시 누웠다. 경주의 가을 하늘은 정말 맑았다. 그때 앗차, 하는 생각이 스쳐 갔다.

그러고 보니 그 처용무의 처용탈이 연이 남편의 인상과 많이 닮았다는 사실을 알았다. 그를 만나는 순간부터 가졌던 그 낯익음이 바로 처용이었던 것이었다. 어쩌면 그와 나는 지금 꽃 찾기 놀이를 벌이고 있는 것이 아닐까. 연이의 편지는 그것을 증명했다. 그렇담 그가 다시 내 앞에 나타났을 때 나는 연이 꽃을 찾으러 왔다고 대답을 할 수 있을까. 그녀의 편지를 읽을 때부터 뛰기 시작하던 가슴이 아직도 뛰고 있었다. 아, 연이… 나는 연이의 사랑 속에서 내 사랑을 확인할 수 있었다.

내 마음속에서 그녀의 사랑을 확인한 것은 그녀가 여고에 갓 입학한 오월 어느 화창한 날이었다. 산중턱에 자리 잡은 비탈진 학교 길을 오르면시 왠지 발길음이 가볍게 느껴졌나. 그것은 아마노 에스자형으로 굽이진 길옆으로 길게 늘어선 철그물 담장에 갓 피어난 줄장미들과 그 꽃들이 이고 있는 눈부시도록 푸르른 하늘 때문이었을 것이다. 늘 출근하는 길이었지만 그날만큼 아름답게 느낀 적은 없었다. 그때 갑자기 그녀의 얼굴이 떠올랐고 잊고 있었던 간밤에 꾼 그녀에 대한 꿈이 이어서 떠올랐다.

간밤에 그녀의 꿈을 꾼 것은 그녀의 특별한 편지 때문이었다. 물론 그녀로부터 그 전에도 여러 번 편지를 받았지만 그날의 편지는 조금 뜻밖이었다. 공책 열 장 분량의 길이도 길이였지만 종이에 쓰여진 모든 글자가 나를 향한 열정으로 가득 차 있었다. 그 열정은 선생님에 대한 존경의 선을 넘은 사랑의 표출이었다.

그래서였을까 그날 밤 나는 그녀에 대한 꿈을 꿨다. 무슨 꿈을 꿨는지는 생각이 잘 나지 않았다. 꿈을 꿨다는 것은 그때 그녀의 얼굴이 떠오르면서 그 꿈이 생각났기 때문이었다. 게다가 등교하는 여학생들의 해맑은 웃음에 까닭 없이 마음이 설레고 있었다. 그때의 내 감정을 뭐라 할까. 가슴 한 쪽 저 깊은 곳에 아직 아무도 침범하지 못한 그 깊은 곳에서 지릿하게 아려오는 아련한 그리움이었다고나 할까. 그러나 나는 그것이 사랑인 줄은 알지 못했다. 설사 그것이 사랑이라 한대도 그녀로 인한 것이라고는 생각할 수 없었다. 아무리 많은 여학생 제자들이 편지를 보내고 선물을 들고 찾아와도 꿈을 꾸거나 출근길에 아무 이유 없이 얼굴이 떠올라 꿈을 되새기는 일은 없었다. 그리고 지금에서야 말이지만 그날 그 장미꽃과 함께 문득 떠올랐던 그녀의 얼굴은 이 세상에서 내가 보아 온 가장 아름다운 얼굴이었다.

그녀의 편지는 그 뒤로도 계속되었다. 때로는 몇 날 며칠 밤을 꼬박 밝히면서 나를 위해 제작한 테이프를 보내오기도 했다. 언제부턴가 나도 그녀에게 꼬박 답장을 썼고, 편지 속에는 내 사랑의 감정이 은근히 스며 있었다.

그 무렵 친구 여럿과 남해 금산을 갔다가 나는 그것을 확인했다.

안개 자욱한 보리암 근처를 서성이다가 문득 그녀의 예쁜 얼굴이 떠올랐다. 다소 뜻밖이라 생각했다. 산을 내려오는 중에도 그녀의 생각은 떠나지 않았다. 이상했다. 아내나 한참 재롱을 피우는 딸애 대신에 그녀의 얼굴이 자꾸만 떠오른다는 것은 정말 이상했다. 나는 그것이 진정한 사랑이란 것을 깨달았지만 스승이 감히 어린 제자를 사랑한다는 것은 부끄러운 일이기에 그런 나를 나무랄 수밖에 없었다. 그때 나를 위안할 수 있는 유일한 것은 꿈이었다. 그래, 사람은 누구나 꿈꿀 수 있는 자유가 있지 않는가. 산을 내려와 물푸레나무 근처에서 쉬고 있을 때도 그녀 생각이 났다. 아니, 그녀 생각은 남해 여행 내내 따라다녔다. 돌아오는 뱃전에서도 그녀 생각은 배멀미보다 심하게 요동쳤다. 견딜 수 없었다.

어쩌면 그녀 또한 나에 대해 그렇게 안타까워했을지도 모른다. 그러한 우리의 안타까운 사랑은 그녀가 대학생이 된 뒤에도 계속됐다. 때때로 우리는 한적한 암자를 찾아 그 허전함을 달래곤 했다. 우리는 단 한 번 입맞춤을 했다. 그것은 순전히 밝은 보름달 때문이었다. 암자에서 내려오는 길이었는데 소나무 사이로 둥근 보름달이 보였디. 그 때 우리는 거의 동시에 소리를 질렀다. 그러면서 그녀는 나를 봤고, 나는 그녀를 봤다. 달 아래 그녀의 얼굴은 눈부셨다. 아니 그녀의 눈에서 달보다 더 맑은 눈물이 또르르 굴러내렸다. 그녀는 내 가슴에 얼굴을 묻었고, 나는 그녀의 얼굴을 두 손으로 받쳐 입을 맞추었다. 황홀한 그 순간에도 그녀의 눈에서는 계속해서 눈물이 흘러내렸다.

그가 저만큼 소나무 숲길을 걸어오고 있었다. 나는 그저 물끄러미 보고만 있었다. 걸어오는 그의 어깨가 왠지 힘이 없어 보였다. 연이를 뒤에 감춘 채 '우리 집에 왜 왔니, 왜 왔니' 하며 다가오는 것 같았다. 나는 그가 가까이 다가올 때까지 그냥 그렇게 앉아 있었다.

"아이고, 여태 여기 계셨습니까. 꿈이라도 꾸신 것 같습니다."

그는 멍한 내 표정에 미안한 듯 옆에 앉았다.

"연이는 어떻게 됐습니까?"

나는 너무도 자연스럽게 튀어나오는 그 말에 스스로도 놀라고 있었다. 나의 대답은 곧 '연이 꽃을 찾겠다'는 분명한 의사표시였다.

"일행들은 시간이 늦어 바로 처용암으로 갔습니다. 연이 씨도 준비할 것이 좀 있어서…."

우리는 정말 꽃 찾기 놀이를 하는 것일까. 그도 당연한 듯이 말했다. 그러나 우리의 그러한 대화는 아직도 전혀 진전을 이루지 못하고 있었다. 분위기가 다시금 어색해지기 시작했다. 가만히 보니 내 행동만 주뼛거리는 것이 아니라 그의 행동도 뭔가 자연스럽지 못했다. 어쩌면 나나 그나 여유를 부리는 것이 위장의 제스처일지도 모른다는 생각이 들었다. 나는 그것을 확인하고 싶었다. 마침 그도 놀고 있는 아이들 쪽을 보고 있었다.

"꽃 찾기 놀이를 하더군요. 우리 어릴 땐 여자애들하고 많이도 했었는데, 요즈음도 그런 놀이를 하는 아이들이 있다는 게 신기하군요."

"원시 모계 사회부터 내려오는 짝짓기 놀이의 잔영이지요. 지금의 사회가 신명을 잃어버린 것은 저런 놀이가 계승 발전하지 못했기 때문이라 생각합니다. 원시의 춤은 결코 사료집에나 있는 것이 아니라 우리의 피 속에 살아 있습니다. 그런데, 연이 씨는 정말 아름다운 꽃이죠?"

뜻밖에 그는 내 질문의 의도를 바로 간파하고 있었다. 그렇담 애초 처용 기행은 나와 연이를 위한 예정된 각본일지도 몰랐다.

"그렇지요, 보기 드문…."

나는 당돌하게 되돌아온 질문에도 제법 뻔뻔해져 있었다. 그러나 제아무리 내가 뻔뻔해졌다고는 하나 그에게 아내를 내놓으라는 놀이는 껄끄럽지 않을 수 없었다.

"좋은 것일수록 나눠 갖는 것이 미풍양속이 아니겠습니까. 더구나 아름다운 꽃이라면 자연 상태에서 감상해야지, 꺾어서 자신만이 소유한다면 자연법칙을 거스르는 것이지요."

그가 말하는 꽃은 두말 할 것 없이 연이를 의미했지만, 나는 그 꽃을 찾겠노라고 감히 말할 수 없었다. 자연의 법칙… 그래, 자연스럽게 연이를 만나 그녀의 아름다움에 짖어 지난날의 회포를 풀 수 있다면 내가 굳이 회피할 이유가 없었다. 최소한 꽃 찾기 놀이에서 그는 나보다 훨씬 적극적인 것만은 분명했다. 물론 그가 도대체 무엇 때문에 자신의 아내를 사랑했던 사람과 만나게 하려는지 알 수 없었다. 연이의 뜻이 그렇고, 자신도 그 점에 이해하는 마음을 가지고 있다면 차라리 모르는 체 눈감고 있는 편이 훨씬 설득력이 있지 않을까. 그렇기 때문에 그의 행동이 점차 노골화될수록 나는 그 어떤 의도가 있는지 궁금해지기 시작했다.

　어쩌면 처용과 관련이 있을지 모른다는 생각에 지금껏 그가 내게 말한 내용과 내가 알고 있는 처용에 관한 지식을 모두 동원해 봤지만 그의 의도를 정확히 알 수가 없었다. 아니면 그들 부부 사이에 무슨 문제가 있는 것일까… 그것 역시 아직 연이를 만나지 않은 상황에서 내가 알 수 없는 부분이었다.

　아무튼 연이도 그녀의 남편도 석연치 않은 구석이 너무 많았고, 나는 그저 포로병처럼 그가 하자는 대로 따를 수밖에 없었다. 갑갑하고 어색한 시간만 흐르고 있었다.

　우리는 경주로 다시 와서 간단한 점심을 들고 울산으로 향했다. 그는 여전히 차를 천천히 몰았고 여유를 부리고 있었다. 그렇지만 그는 분명 그 어떤 결정적 시간을 기다리고 있는 것 같았고, 나 역시 그 갑갑한 시간을 이겨내는 데 한계가 있었다. 차가 토함산 고갯길을 벗어나자 그 어색한 분위기도 막바지로 치닫고 있었다.

　"아까 홍덕왕의 수절과 처용 이야기의 성적 자유는 다른 문제라고 했는데… 난 아무래도 두 설화의 연관성을 이해할 수 없습니다."

　나는 더 이상 견딜 수 없었다.

　"사랑이죠. 순도 백 퍼센트의 사랑 말입니다."

　"순도 백 퍼센트?"

　"수절이니, 불륜이니 하는 수식을 빼 버리면 그냥 사랑입니다. 우리 인간의 역사에 사랑만큼 관념의 장식을 많이 한 것이 없습니다. 오히려 그 관념의 장식들이 사랑을 왜곡하고 오염시켜 왔습니

다. 사랑이란 관념 이전의 느낌이 아닙니까. 아까 선생님께서 말씀
하신 '꽃 찾기 놀이' 처럼 말입니다. 저는 그런 장식이 없는 감정을
소중하게 생각합니다."

허기사 감정을 말한다면 시인이나 소설가만큼 소중하게 여기
는 사람들이 있을까. 하지만 그의 말대로라면 나는 분명 감정보다
관념의 찌꺼기로 오염된 사람이었다. 어쩌면 연이의 편지나 그의
말은 그러한 나의 판단을 재촉하는 것인지 몰랐다.

"그러고 보니 처용이란 인물이 꽤 매력적이란 생각이 듭니다."

나는 그의 말에 고무되어 처용과 닮은 그의 인상에 대해 말하고
싶었지만 너무 속내를 보이는 것 같아서 말길을 우회했다.

"처용의 아내와 잠자리를 같이한 외간 사내를 동해의 용왕이
니, 역신(疫神)이니 하면서 실재 인물이 아닌 허구 인물로만 파악
하려는 시각은 문제가 있습니다."

"처용이 아내의 불륜을 보고 한가하게 노래를 부른다는 것은
사실로 인정하기가 어렵지 않겠습니까?"

나의 뻔한 질문은 그의 견해에 반발이 아니라 오히려 확인하기
위함이었다.

"에스키모 사람들은 귀한 손님이 오면 자신의 아내와 잠자리를
권합니다. 처용 시대는 모계 사회의 도덕관이 많이 남아 있었습니
다. 아시다시피 모계 사회란 성의 완전한 자유를 의미하지 않습니
까. 물론 자신의 눈앞에서 벌어지는 그러한 풍경에 기분이 좋을 리
는 없었겠지요. 그래서 처용은 합리적 방법으로 그 남자와 아내를
설득하게 됩니다. 그것이 처용가입니다. 처용가가 당시 세인들에

게 유행이 된 것은 바로, 빼앗긴 사랑을 멋있게 되찾는 그 재치가 사람들에게 인기를 얻었다고 할까요. 사랑의 쟁탈전은 모계 사회라 해서 예외는 아니었으니까요. 하다못해 동물 세계에서도 수컷들이 하는 일이라곤 암컷에게 인기를 얻는 것이 아닙니까. 그것은 바로 살아 숨쉬는 모든 생물체의 본능에 해당하는 것이고 관념 이전의 순수한 사랑이죠. 어떻게 보면 가장 고등동물인 인간에게 있어서 성 부분만은 진보가 아니라 퇴보했다고 볼 수 있습니다. '사랑' 이라는 고상한 말로 치장을 했을 뿐이지 법과 관습으로 그 성적 자유를 구속해 왔기 때문입니다. 그것은 자연스러움에 반하는 것입니다. 먹는 것을 한두 가지로 국한시킨다면 인간의 삶은 얼마나 왜소해지겠습니까. 성욕 역시 한 남자와 한 여자만으로 제한하는 것은 마찬가지가 아니겠습니까."

그는 마치 준비된 원고를 읽어 가듯이 술술 풀어냈다. 이제 그의 의도는 분명해졌다. 처용 기행에 나를 초대한 것도, 시간을 보내기 위해 굳이 그 많은 신라의 왕릉 가운데 하필 흥덕왕릉을 간 것도, 그 소나무들처럼 나와 연이의 관계를 맺게 하려는 치밀한 장치일 것이라는 생각이 들었다. 그래서 그는 그 상황을 노래와 춤으로 이겨 내려는 것이리라….

기분이 묘했다. 정말 살아 있는 처용과 같은 차를 타고 그의 아내와 사랑을 나누러 가고 있는 것 같은 착각에 빠지는 것 같았다. 그 착각은 참으로 황홀했다. 아니 부끄러웠다. 어쩌면 그 부끄러움 때문에 더욱 황홀했는지 모른다. 가슴이 마냥 뛰고 있었다. 나는 버얼겋게 달아오르는 내 얼굴을 감출 수 없었다.

그 사이 차는 감은사지를 지나 동해가 보이는 대왕암 앞바다까
지 다다랐다. 동해를 끼고 한 오 분 달렸을까. 그는 바닷가 한 카페
앞에 차를 멈췄다.

"우리 조금 쉬었다 가지요."

이것이 만약 그가 꾸민 각본이라면 그는 정말 훌륭한 연출가였
다. 설사 그것이 그들의 의식이라고 해도 나로서는 이미 헤어날 수
없었다.

"선생님을 너무 오래 기다리시게 한 것 같습니다."

드디어 그가 내 빈틈을 확인한 것 같았다. 나는 아무 대답을 할
수가 없었다. '그러니 알아서 하시오' 였다. 그 결정적 시간에 다다
른 이상 더 이상의 위장은 무의미했다.

"저, 청량암이라고 아시죠?"

올 것이 오고야 말았다. 모든 것은 분명해졌다. 그들은 처용의
의식을 베풀고 있는 것이었다.

"연이 씨는 지금 거기서 선생님을 기다리고 있습니다."

이제는 놀랄 일도 부끄러워할 일도 없었다. 다만 그것이 의식이
라면 그 절묘한 장치에 기가 막힐 뿐이었다. 하지만 그 상황에서
내가 뱉을 수 있는 언어는 없었다.

"사실 오늘까지도 저는 많이 고민을 했습니다. 제아무리 처용
에 남다른 이해가 있다고 하나 막상 그 일을 목전에 두고선 여간
망설여지지 않았습니다. 처음 늦게 오시는 선생님을 기다릴 때도
그랬고, 아까 전화 받고 일행이 있는 곳으로 갔을 때도 그랬습니
다. 하지만 역시 잘했다는 느낌이 듭니다. 저희들은 사랑을 확인하

고 결혼을 했지만 온전하지 못했습니다. 그 사이에 선생님이 있다는 것을 알았습니다. 그렇다고 선생님을 원망할 마음은 애초부터 없었습니다. 저는 다만 선생님께서 저나 연이 씨의 뜻을 오해하지 않았으면 합니다. 오늘의 일은 그러한 저의 충정으로 이해해 주셨으면 합니다."

나는 저 밑바닥에서부터 끓어오르는 진한 감동에 사로잡혀 있었다. 그는 완전한 처용의 모습이었다. 아니 처용무의 실체를 보고 있었다.

"울산 처용암에서 제가 맡은 프로그램도 있고 하니 저는 여기서 일어서겠습니다."

그는 정중하게 인사까지 하고는 나갔지만 나는 세상에서 가장 아름다운 그 춤의 감동으로 정말 뒤통수를 한 대 얻어맞은 사람처럼 멍하니 앉아 있었다. 그가 떠난 뒤에도 그의 감동적인 말은 여전히 내 귓전을 울리고 있었다.

사랑은 나눈다고 해서 결코 소비되고 마모되는 것이 아니라 나눌수록 커지고 온전해지는 것입니다. 연이 씨는 분명 아름다운 꽃이고, 그러기에 선생님의 꽃일 수도, 저의 꽃일 수도 있는 자연의 꽃입니다. 처용의 춤은 바로 그것을 일깨워 주는 것이지요.

나는 청량암으로 바로 갈 수 없었다. 어두워질 때까지 대왕암이 보이는 바닷가에서 여전히 그 감동 속에 있었다. 처용의 고향인 바다는 사랑이라는 낱말 하나로만 출렁이고 있었다. 그때 보름달이 떠올랐다. 연이의 얼굴이었다.

연이는, 내 귀여운 연이는 서리처럼 푸르른 달빛이 쏴아하니 부는 솔바람과 같이 문창을 타고 흘러 들어오는 그 청량암에서, 멀리서 달빛을 밟으며 다가오는 내 발자국 소리를 들으며 달빛과도 같은 눈물을 흘리고 있지 않을까.

나는 더 이상 지체할 수가 없었다. 일어나 택시를 잡아타고 청량암으로 달려갔다.

달빛이 너무 좋았다. 청량암 오릿길은 달빛이 아니래도 좋았다. 달빛보다 더 청결한 그녀가 오로지 나를 위해 사랑의 만리장성을 쌓기 위해 기다리고 있을 길을 간다는 그 길의 감동을 만리장성처럼 연장하고 싶었다. 물론 그것은 내가 감히 꿈꿀 수 없는 그녀와의 사랑 장면이었고, 그것이 현실화되었다는 것이 한동안 믿을 수가 없었다. 사실 감동은 연이 남편이 보여 준 그 너그러움과 친절을 넘어선, 아니 그의 말대로라면 일체의 관념의 찌꺼기가 스며들지 않은 순도 백 퍼센트의 사랑에 대한 경이로움이었다.

그녀와의 마지막 밤, 그때도 지금처럼 낙엽이 떨어져 쌓이는 늦은 가을이었다. 그저 공허만이 가득했던 마지막 밤을 보내고 내려오던 길, 그녀는 끝내 그 공복을 견디지 못했는지 업어 달라고 했다. 그녀는 내 등에서 어린아이처럼 노래를 불렀다. 그게 처용의 노래였을까.

저만큼 청량암의 불빛이 다가왔다. 바람이 등 뒤에서 나를 스쳐 앞으로 갔다. 정말 어디선가 춤과 함께 어우러진 처용의 노래 가락

이 들리는 것 같다. 그것은 처용의 너그러움과 슬기에 대한 무한한
존경과 찬양의 노래였다. 비록 가락은 소멸되었지만 정신은 춤으
로 산화되어 천 년이 넘은 세월로 이어지고 있는 것이었다.

아, 아비의 모습이여, 처용아비의 모습이여

머리에 가득 꽂은 꽃이 무거워 기울어진 머리

아, 수명이 장수할 넓으신 이마

산 모양 비슷한 긴 눈썹

사랑하는 사람을 바라보는 듯한 너그러운 눈

바람 잔뜩 불어 우글어진 귀

복사꽃같이 붉은 얼굴

…

동경 밝은 달 아래 밤새도록 노닐다가

들어와 내 자리 보니 가랑이가 넷이로구나

아, 둘은 내 것이데 둘은 뉘 것이뇨

이럴 적에 처용아비만 본다면

열병신(大神)이야 횟감이로다

천금을 주랴 처용아비야

칠보를 주랴 처용아비야

봄눈

목사나 소설가나 세상에 메시지를 전달하는 것은 마찬가지다. 자네는 내 목회와는 비교가 되지 않을 훌륭한 소설을 쓸 것이야. 목사는 신의 사자(使者)이며 진정한 소설가는 신의 대역자(代役者)지. 대역자란 신의 섭리를 바르게 찾아내는 것이며, 사자란 그 뜻을 바르게 전달하는 것이네. 하여, 소설가에게는 영감이 필요하고, 목사에게는 신앙이 필요하다. 불행히도 인간에게는 두 가지 능력이 모두 주어지지 않아.

내가 타고 온 버스가 마을과 들판 한가운데를 휑하니 가로지른 신작로 끝으로 멀어져 갔다. 먼지와 함께 가물거리는 버스 뒤편으로는 기와지붕 모양의 보현산 정상이 흐릿하게 다가왔다. 종일토록 버스와 열차에 시달린 여독이 그 버스의 꽁무니를 따라 풀풀 일이서는 뽀얀 먼지처럼 풀어져 내렸다. 그것은 높은 산들에 휩싸여 있는 춘산리 마을이 우물 속과도 같은 아늑한 느낌을 줬기 때문이었다. 그 우물 속에 갇혀 있던 어린 시절의 추억이 두레박질 하듯이 자꾸만 떠올려졌다. 하지만 그것도 잠깐이었다. 곧이어 드세어진 바람이 들판 쪽에서 먼지와 함께 불어왔다. 신작로 따라 길게 도열해 있던 미루나무들이 버스가 사라진 길 끝에서부터 차례로 먼지에 가려 사라져 갔다. 봄을 기다리던 앙상한 미루나무 가지와 전깃줄에서는 이미 앙칼진 바람의 소리가 울려 났다. 그 소리와 먼지는 거의 삽시간에 하늘과 땅을 가득 메워 버렸다.

나는 코트깃 속으로 목을 잔뜩 움츠렸다. 우수 경칩을 지난 봄 바람이라 그리 차갑지는 않았지만 일정한 방향도 없이 그것도 갑작스럽게 닥쳐왔으므로 도무지 막막했다. 문득 담배를 피우고 싶었다. 주섬주섬 담배를 챙겨 성냥을 긁었지만 불꽃은 채 일어나기도 전에 바람 속으로 빨려들어가 버렸다. 그러한 바람에 불을 댕긴다는 것은 아예 소용없는 짓인 듯싶었지만 나는 연거푸 성냥을 긁었다.

그는 하필이면 이렇듯 대춘(待春) 시절에 죽었을까. 하가료(河加燎) 목사, 이순의 나이를 훨씬 넘겨 버린 그는 평생을 바람처럼 좌충우돌했다. 세상의 속된 인연을 철저하게 끊어 버리고 그가 목회 생활한 연수만큼이나 많은 교회들을 전전했다. 결국 그는 어느 한곳에도 뿌리를 내리지 못하고 한 점 바람으로 돌아서 버린 것이었다.

아, 인생은 그저 떠남의 연속이요.

죽음이란 봄바람을 자르는 것이로되

坐脫入亡, 倒立入寂만이 아름다움이 아닌 것을

生이 苦하다고 태어남을 탓하는 것은 愚이며

生을 스스로 끊음 또한 大罪인 것을…

인편으로 부고와 함께 온 그의 마지막 편지를 나는 눈물로 읽었다. 정말 그의 말처럼 우리 인간들의 가장 큰 적이라 할 수 있는 죽음을 스스로 해체시킬 수가 있다면, 그 죽음의 속박으로부터 벗어나 생사간을 뛰어넘는 봄바람 같은 자연 현상으로 받아들일 수가 있다면, 구태여 그렇듯 죽으려고 했을까.

바람은 점점 드세어졌다. 바람이 심하면 심할수록 기필코 담뱃불을 댕겨야 한다는 오기가 생겨났다. 그것은 어쩌면 바람 속 불꽃과도 같은 그의 인생에 대한 의미를 캘 수 있을 것 같았기 때문이었는지 모른다. 하지만 나는 그 불을 댕기기 전에 심한 바람에 먼저 밀려날 것 같았다. 나는 바람 속에서 거의 결사적이리만큼 성냥을 긁어 댔지만 점점 초조해지기 시작했다. 바람은 그런 내 마음을 부채질하듯 더욱 세차게 불었다.

죽어 가는 것이 고통이지 죽음 그 자체는 아무것도 아니야. 사람들이 태어날 때 고통도 생기고 태어나고 나면 봄눈 녹듯이 사라지는 것처럼. 나로서는 차라리 죽는 편이 좋아. 하지만 생명을 스스로 끊는다는 것은 가장 큰 죄악이야. 그러므로 우연히 죽기를 바라지. 벼락에라도 맞았으면 좋겠어. 그 흔하디흔한 불치병이 남들은 잘도 길리던데… 나는 정말 죽는 데는 지지리도 운이 없어.

나는 어릴 때 죽으려는 그를 여러 차례 보았고, 그러한 행동을 의아하게 바라보던 나에게 그는 죽음을 그렇게 정의했다.

결국 성냥개비가 먼저 동이 나 버렸다. 왠지 모르게 슬픔이 밀려왔다. 그의 죽음에 대한 추도일까. 내 발걸음은 조금씩 밀려오는 슬픔처럼 바람에 밀려 가까운 가게로 갔다. 바람은 좀처럼 잘 것 같지 않았다. 그 심한 바람에 금방이라도 찌그러질 듯한 낡은 가게 안에는 그 가게보다도 더 낡은 노인이 장작이 타는 난로에 불을 쬐고 있었다.

"바람을 이길 장사는 없어…."

노인은 여태껏 바람 속에서 바람과 씨름하던 나를 보고 있었다는 듯 타고 있던 장작을 하나 끄집어내어 내게 내밀었다. 그러고 보니 나는 아직 불을 붙이지 못한 담배를 물고 있었다.

"감사합니다. 먼저 태우시지요."

나는 노인에게 담배를 먼저 권하고 장작 숯불에 불을 댕겼다. 바깥의 심한 바람은 낡은 가게와 노인을 곧 날려 버릴 것 같았다. 밖에는 바람이 불던지 말던지 다닥다닥 타고 있는 난로의 온기는 움츠러들었던 내 몸을 녹이기에 충분했다. 가료, 그의 이름이 말해 주듯 그는 늘 교회에 불을 붙이는 사람이었다.

"미쳐도 단단히 미쳤어…."

노인은 창 밖을 내다보며 혀를 찼다. 바깥은 그야말로 폭풍이 휘몰아치는 바다와 같았다. 그 바람들이 파도처럼 밀려와서는 가게의 창을 쉴 사이 없이 들이박고 있었다. 제아무리 폭풍이 친다 해도 아니 그럴수록 바다 밑은 더욱 고요한 것처럼, 나는 수심 깊은 곳에서 수면의 광란을 시름없이 내다보고 있었다. 그것은 기역 자로 밖을 빠져나가 있는 난로의 연통이 꼭 잠수함의 잠망경 같았기 때문이었다.

바람이 좀처럼 잦아질 것 같지가 않았다. 그래도 십 리가 넘는 산길이라 서둘지 않을 수 없었다. 밖을 나왔다. 바람은 기다렸다는

듯이 내 옷자락을 쥐어뜯었다. 호흡이 팍팍 끊겨 왔다. 다시금 목
을 움츠리고는 몇 걸음 앞도 보이지 않는 바람 속을 걸어갔다. 마
을을 벗어나 널따란 신작로로 접어들자 발에 채는 자갈 때문에 앞
으로 나아가기가 더욱 힘들었다. 신작로 가에 늘어선 미루나무와
전신줄에서는 거의 비명에 가까운 소리가 들렸다. 귀가 멍멍했고
눈이 제대로 뜨이지 않았다. 나는 그 와중에도 전신줄에서 펄럭이
고 있는 물체를 보았다. 어느 집 빨랫줄에서 날려 온 속옷가지 같
았다. 속옷은 마치 곡예사처럼 공중으로 휙 솟았다가 아래로 곤두
박질치고는 다시 위로 아래로 날렵하게 움직이고 있었다. 그것은
눈이 오는 날이면 언제나 종각 그 높은 곳에 매달려 있던 하 목사
와 흡사했다. 맨 처음 내가 종각에 매달려 있는 그를 봤을 땐 흥미
와 의아함이 뒤섞여 있는 묘한 감정이었다. 당시 나는 자주 아팠
고, 학교도 꽤 오랫동안 쉬고 있었으므로 같이 이야기할 사람이라
곤 어머니와 하 목사뿐이었다.

그날도 눈이 오는 날이었다. 그때 나는 여느 아이들처럼 눈을
좋아하지 않았다. 그래서 그도 나처럼 눈을 탐탁찮게 여기며 성경
책장이나 넘기고 있을 것 같았다. 그를 찾아갔다. 하지만 그는 엉
뚱한 곳에 있었다.

"여, 친구 왔구나."

하 목사는 평행봉 선수처럼 종각 꼭대기 그 높은 곳에 매달려
있었다. 나는 종각을 올려다보며 약간의 현기증을 느꼈다.

"무슨 일이 일어났어요?"

"옷이 참 따뜻해 보이는구나."

내리는 눈 탓이었는지 작은 내 목소리 탓인지 하 목사에게는 잘 들리지 않는 것 같았다. 나는 손나팔을 만들어 소리를 질렀다.

"아무 일 없어."

하 목사는 별일이 아닌 것처럼 고개를 흔들었지만 꼭 불난 곳을 확인하는 소방수처럼 보였다.

"불났어요?"

"아무것도 아니래도…."

그제야 하 목사는 팔이 아픈지 몸을 조금씩 뒤뚱거리기 시작했다.

"자, 보라구…."

하 목사는 힘자랑이라도 하듯이 매달린 팔을 굽혔다 폈다 하면서 턱걸이하는 여유를 보였다. 나는 눈이 내려 미끄러운 담장을 조심스레 기어 올라갔다. 그와 한층 가까워졌다. 그의 얼굴은 아래에서 보는 것보다 많이 일그러져 있었다.

"예수님이 십자가에 달리신 것 같아요. 하지만 골고다 언덕에는 눈이 오지 않았어요."

"그렇단다. 그것은 내가 예수와 같지 않다는 말과 같지…."

눈은 마냥 쏟아져 내렸다. 젊은 하 목사가 매달린 종각에도 어린 내가 올라 있는 담장에도 눈은 마냥 쏟아져 내렸다. 저만큼 사택 쪽에 하 목사가 만들었을 것으로 보이는 눈사람 예수가 눈에 들어왔다. 나는 적당한 말이 생각나지 않아 눈을 뭉쳐서 눈사람 쪽으로 던졌다.

"형편없네요."

"본디 예수는 달력에 그림처럼 미남이 아니라 저기 눈사람처럼 아주 볼품없이 생겼을지도 모른단다."

"하나님의 아들인데도요?"

"하지만 이 땅에 왔을 땐 사람의 아들로 왔단다. 삶에 찌든 우리의 모습으로… 알겠니?"

나는 그가 왜 종각에 달려 있는지 궁금했지만 그가 곧 떨어질 것 같았기 때문에 물어볼 수가 없었다. 하지만 하 목사는 그런 내 마음을 알고 있었다.

"내가 여기에 왜 달려 있느냐, 이것은 우리가 왜 살아야 하며 왜 교회에 다녀야 하는가 하는 문제와 같단다. 그래서 말인데 만의 하나라도 내가 여기서 떨어지고 싶은 마음을 가지면 안 되는 거야. 죽음은 인간의 권리가 아니지. 예수가 죽고 싶어서 죽었다면 그것은 개죽음보다 나을 게 없어. 예수 스스로가 죄를 짓게 되므로 아무도 구원할 수 없지. 그러나 예수는 마지막으로 '엘리 엘리 라마 사박타니'라고 외쳤으므로 죽고 싶지 않다는 것을 증명했단다."

나는 눈 때문에 그런 그를 끝까지 지켜볼 수가 없었다.

"엘리 엘리 라마 사박타니…"

교회 문을 돌아서 나오는 내 뒷전으로 그의 신음과 같은 그 소리가 들렸다. 당시엔 그 말이 무슨 뜻인지 몰랐지만 그의 얼굴이 너무 형편없었으므로 하나님께 살려달라는 뜻으로 짐작했었고 그것은 실제의 뜻인 '나의 아버지, 나의 아버지, 어찌하여 나를 버리시나이까'와 비슷했다.

아무튼 나는 그 뒤에도 종각에 매달린 그를 몇 차례 더 본 적이 있었다. 그것은 그가 죽으려는 것이 아니라 살려고 몸부림치는 것인 줄 깨달은 것은 세월이 많이 흐른 뒤였다.

한길에서 좁은 산길로 접어들었다. 바람은 많이 수그러들었지만 간혹 섞여 있는 빗방울은 날씨를 한층 을씨년스럽게 했다. 보현산 큰 산자락의 첫 모퉁이를 돌아서면서 걸음을 멈추고 담배를 피워 물었다. 지나온 춘산리 마을은 멀리서 여전히 그 심한 먼지바람에 시달리고 있었다.

나는 대학시절에도 그를 찾아 춘산리까지 온 적이 있었다. 그는 어려웠던 내 학창시절에 아버지처럼 학비를 부담했지만 철저히 행방을 감추었으므로 나 또한 그가 떠돌아다닌 교회만큼이나 그의 행방을 추적했다고 할 수 있었다. 그것은 정말 어려운 숨바꼭질이었다. 어릴 땐 단순한 호기심으로, 청소년기엔 그 어떤 부정(父情)의 끌림으로, 대학시절엔 낭만으로, 졸업 뒤 여태까진 동정심으로 그를 대해 왔다. 생각하면 그는 나의 성경이요, 나는 그의 그림자일 것 같다. 내가 신학대학에 진학한 것도, 시답잖은 소설을 끌쩍이게 된 것도 모두 그 때문이라 할 수 있다. 하지만 대학시절엔 그를 한 번도 만나지 못했다. 그저 잊을 만하면 한 번씩 날아오는 편지뿐이었다. 그의 편지는 내가 학보에 소설을 연재하면서부터 주로 소설에 대한 평과 격려로 일관했다. 내가 소설에 자신이 없어 몇 번이고 붓을 꺾으려 했을 때도 그의 편지는 내게 용기를 불러일으키게 했다. 최소한 그에게 있어서 나는 세상에서 가장 훌륭한 소설가인 까닭에 그가 이 땅에 살아 있는 한 나는 소설 쓰기를 포기할 수 없었다.

그러나 우리 사이가 조금씩 금이 가기 시작한 것은 내가 신학대학 졸업 뒤 그의 소개로 대구의 ㅈ교회에서 잠시나마 목회 생활을 하고 있을 때부터였다. ㅈ교회는 그의 친구랄 수 있는 맹사근 목사가 당회장으로 있는 큰 교회였다. 맹 목사는 큰 교회의 담임 목사로 손색이 없을 만큼 명성과 덕망을 갖춘 보수 신학계 권위자였다. 두 사람은 평양 신학교 동기동창이었지만 신학 노선은 보수와 진보의 양극에 위치해 있었다. 하 목사는 맹 목사를 가리켜 현실을 도외시하는 아편장이로, 맹 목사는 하 목사를 개혁의 선을 넘은 이단자로 비난하기를 서슴지 않았다.

그런데 지금도 이해할 수 없는 것은 그가 왜 많은 교회 중에 하필 ㅈ교회에 나를 추천했느냐 하는 것이며, 더더욱 이해할 수 없는 사건이 내가 그 교회에 부임한 지 불과 몇 개월이 지나지 않아서 터지고 말았다. 맹 목사는 건강이 악화되자 대리 설교자로 하 목사를 초빙했다. 그렇더라도 하 목사는 당연히 그 제의를 거절할 줄 알았다. 그것은 두 사람 모두 파국을 예견한 위험스런 도박을 하는 것 같았다. 사실 나는 그 이야기를 처음 들었을 때 가능성은 차치하고서 얼마나 기뻤는지 모른다. 숨바꼭질하듯이 그렇게 찾아다니던 그와 같은 교회에서 목회 생활을 한다는 것과, 평생을 개구리밥풀처럼 떠돌던 그의 생활에 그 어떤 안주(安住)를 기대했기 때문이었다. 그러나 그 기대가 얼마나 허망한 것이었는가는 그의 첫 설교에서 여지없이 확인되었다.

그날 그러니까 그가 부임하는 첫날 첫 설교를 하는 저녁 예배 시간이었다. 아니래도 나는 예배 사회를 보면서 행여나 일이 터지지 않을까 마음을 놓지 못하고 있었다.

도대체 완전완미(完全完美), 전지전능(全知全能)하신 하나님께서 무엇 때문에 금단의 열매를 만들어 놓고 우리 인간으로 하여금 원죄(原罪)의 올가미를 씌웠습니까? 어떻게 해서 그까짓 과일 하나를 따먹은 것이 전 인류의 죄가 될 수 있습니까? 왜 하나님은 아벨의 제사만 받으시고, 순직한 에서(Esao)보다 사악한 야곱을 더 사랑했으며, 왜 선한 사람보다 악한 사람이 더 잘살게 합니까? 왜 오늘날 예수를 믿는 사람들로 구성된 교회는 그토록 사랑을 외쳐대는 데도 사회보다 먼저 썩어 들어 사회로부터 지탄의 대상이 됩니까? 왜 신자의 수가 급속도로 불어나는 우리 사회는 오히려 사악해지고 있습니까? 왜 사람들은 교회당 근처에 살려고 하지 않습니까? 왜 신자들이 그렇게도 원하는 완전 복음화가 이루어졌던 중세 유럽은 유사 이래 가장 암울한 시대가 되고 말았습니까? 왜 기독교 국가인 영국이 중국에 아편전쟁을 일으켰으며 95%가 신자였던 러시아에서 공산주의 혁명이 일어났습니까?

처음에는 숙연하게 듣고 있던 신도들이 다소 수근거리기 시작했다. 내 조바심은 팽팽한 줄 위에서 위험스런 줄타기를 하기 시작했다. 그러나 하 목사는 점점 격앙된 목소리로 외쳐 댔다. 하 목사는 광야에서 외치던 세례자 요한처럼 신도들에게 질타를 가하고

있었다. 그것은 차라리 설교가 아니라 함포사격과도 같은 것이었
다.

누굽니까? 교회를 이렇듯 구린내 나도록 한 것이 누굽니까?

하 목사는 느닷없이 강단에서 뛰어내려가 손가락질을 하며 신
도들을 노려봤다. 수근거리던 신도들이 그 갑작스런 공격에 움츠
려들었고 교회 안은 찬물을 끼얹은 듯 조용해졌다. 주여, 하는 신
음 소리가 여자 쪽에서 새어 나왔다. 하 목사는 다시 강단으로 올
라와 설교를 계속했다.

개개인의 생사화복(生死禍福)과 구원 그리고 역사의 흥망성쇠
까지 이미 창세전에 짜여진 하나님의 각본대로 된다는 이른바 예
정조화설을 믿고 있는 여러분, 그것이 신의 섭리라고 생각합니까,
신학자들의 학설이라고 생각합니까? 아무리 불합리해 보여도 그
것을 믿음 악한 탓으로 돌릴 수 있습니까? 성시는 아무것이나 좋게
만 가져다 붙이면 되는 것이고 신앙이란 그 해석에 무조건 복종하
는 것입니까? 그렇다면 인간이란 한낱 보잘것없는 신의 꼭두각시
에 불과하지 않습니까? 만사가 하나님의 예정대로 된다면 사실 인
간의 노력과 책임은 필요 없으며 선악과(善惡果)를 따먹은 잘못도
당연히 인간에게 돌아오지 않아야 하지 않습니까?
그러면서도 여러분은 무거운 죄짐을 지고 있으며 또한 죄된 것
을 아담과 이브 탓으로 돌리기도 하고 또는 어쩔 수 없는 것으로

여기기도 합니다. 어쩔 수 없다면 이 자리에 무엇 때문에 나왔으며 아브라함, 요셉, 모세 같은 이들이 도대체 무엇이 위대합니까? 그래서 교회는 역사와 사회에 대해 아무런 책임을 느끼지 못하는 겁니까? 높은 담을 쌓고 세상이야 떡이 되든 엿이 되든 오로지 신비에 빠져 축복과 내세(來世)만 갈구하고 있습니까? 세상이 무조건 악하다면 누구의 잘못이며 세상의 존재가치는 무엇입니까? 하나님은 세상을 이처럼 사랑하사 독생자를 보낸 것이지 교회를 사랑해서 보낸 것이 아닙니다. 교회는 노아의 방주가 아니며, 세상이 그 방주가 되어야 합니다. 배고프고 생활에 찌든 사람들이 과연 이렇게 으리으리한 교회에 나올 수 있습니까? 지극히 보잘것없는 자, 단 한 사람이라도 들어올 수 없다면 예수도 이런 교회에 들어오지 못합니다. 이 구린내 나는 교회에 예수가 있다고 생각합니까?

"집어쳐!"
"사탄이다!"
결국 내가 올라 있던 위험스런 줄은 끊어지고 말았다. 신도들이 여기저기서 일어나 욕설과 함께 삿대질을 해 댔고 일부는 강단 쪽으로 몰려나왔다. 교회 안은 일순간 아수라장으로 변해 버렸다. 그러나 나는 몸이 꽁꽁 얼어붙어 움직일 수 없었다. 하 목사가 흥분한 신도들에 의해 개처럼 끌려 나갈 때도 나는 그 자리에서 움직일 수 없었다.

그날 저녁 우리는 오랜만에 같이 밤을 보냈다. 하 목사는 내 격

정과는 달리 설교 때 당한 봉변을 대수롭지 않게 여기고 있었다.

"어떻게 하실 겁니까?"

나는 담배만 느긋하게 피워 대는 하 목사가 안타까웠다.

"이게 어제 오늘의 일이더냐."

"목사님 이제 연세를 생각해서라도 온건한 설교를 하실 필요가 있습니다. 언제까지고 이러실 순 없지 않습니까?"

"이제 와서 나보고 야합하란 말이냐?"

"양들은 왈기면 반발합니다."

"여태 모든 목자들이 그런 식으로 양의 입맛에 맞추어 왔기 때문에 문제가 있는 것이 아니냐? 그게 바로 아편이란 걸세. 대부분의 목사들은 아편장이에 불과하고 교인들은 이미 아편중독자야. 더구나 맹 목사는 그 괴수이고 이 교회는 이미 중태야. 누군가가 그것을 바로잡지 않으면 안 돼… 하지만 나는 이미 틀렸네. 자네의 때가 왔네."

"때라뇨?"

"이제 자네가 교회 갱신의 대열에 서야 하네."

"하지만 목사님, 저는 목사님과 같은 능력도 없고, 용기도… 애초에 신학교에 간 것이 잘못인 것 같습니다만…."

"무릇 용기란 단번에 발생하는 것이 아니야. 그리고 자네는 능력이 있어."

"목사님께선 저에게 언제나 그런 긍정적인 말씀만 하셨습니다."

그는 입을 다물어 버렸다. 나는 그를 위로해야 할 입장이었지만 시각의 차이는 어쩔 수 없었다. 아무튼 그날 밤 나는 자꾸만 눈물처럼 솟구치는 그에 대한 연민의 정으로 잠을 잘 이룰 수 없었다. 그것은 내 몸 구석구석 짙게 드리워진 그의 그림자였다. 그러나 나는 그때 처음으로 그의 그림자로부터 벗어나고 싶었다. 나는 그와 같을 수 없었다. 아니 우리는 서로가 엇각으로 돌아가는 톱니바퀴와 같았다.

그가 떠난 뒤 교회는 흔히 있을 수 있는 이단 논쟁의 돌풍 정도로만 여기고 있었지만 그 돌풍이 휩쓸고 지나간 내 마음은 그렇게 허전할 수가 없었다. 교회는 사실 그의 지적처럼 아편에 중독이 되었는지 많은 문제를 가지고 있었다. 우선 그 엄청난 헌금의 대부분이 교세를 확장하는 데 주로 쓰였고, 사회구제비는 형식적일 뿐이었다. 헌금뿐 아니라 교인들 상호간에도 서로 헐뜯는 싸움이 그치지 않았다. 훌륭한 목자가 되려면 싸움에 결코 말려들지 말며, 이쪽도 저쪽도 옳다는 입장을 견지해야 하고, 속이 뒤틀려도 얼굴만은 결코 웃음을 잃지 않아야 하고, 걸음걸이는 되도록 천천히, 말은 부드럽게, 행동은 근엄해야 했다. 그러면서 오로지 저 세상, 그 낙원의 기쁨을, 소망을 추상적 사랑을 이야기해야 했다. 그것이 목자의 길이요, 사나운 양들로부터 쫓겨나지 않는 처세라고 할 수 있었다.

그 목사가 되는 안수식이 다가오면서 나는 왠지 두려워지기 시작했다. 처음부터 나는 아무런 소명의식 없이 신학교에 들어갔고, 아편장이라는 보수주의자도, 이단이라는 진보주의자도 아닌 어정쩡하기 그지없는 회색분자일 따름이었다. 결국 나는 목사 안수식을 얼마 앞두고서 교회를 떠나 버렸다. 소명감 없는 목회 생활을 계속할 수 없었고 기왕 떠날 바엔 빠를수록 좋다는 생각에 목자의 지팡이를 팽개치고 말았다. 그리곤 서울로 돌아와서 교회 계통의 잡지사에 근무하면서 그동안 중단했던 소설 쓰기를 다시 시작했다.

바람에 섞여 흩뿌리는 빗방울이 차가왔다. 나는 조금씩 걸음을 빨리했다. 길가에 질펀하게 널려 있는 낙엽들이 바람따라 우우 몰려다녔다. 얼마나 걸었을까. 서너 채의 인가가 다가왔다. 그 순간 나는 눈을 의심하지 않을 수 없었다. 낯익은 승용차가 보였기 때문이었다. 그것은 분명 맹사근 목사의 차였다. 그러나 승용차에는 운전기사만 남아 있었고, 맹 목사는 보이지 않았다. 길이 좁고 험해서 더 이상 갈 수 없었던 모양이었다.

"한사코 목사님 혼자 가신다기에… 불편하신 몸으로 괜찮을지 모르겠습니다."

운전기사는 무척 걱정하고 있었다.

나는 서둘렀다. 산중턱을 오르면서 길은 한층 좁아졌고 흩뿌리던 비도 어느덧 진눈개비로 변해 있었다. 바람은 여전히 스산히 불고 있었다. 앞서간 맹 목사의 모습은 좀체 보이지 않았다.

내가 그의 편지를 다시 받은 것은 잡지사에 근무하면서 그 잡지에 연재소설을 5회 정도 쓰고 있을 때였다.

자네의 이제 그런 시답잖은 소설도 그만 쓸 때가 됐네. 지금에야 말하네만 내 젊은 날의 꿈은 자네와 같은 소설가였어. 사실 나는 일면 소설을 쓰는 자네를 얼마나 부러워했는지 모른다네. 나는 처음부터 자네에게 나와 같은 세월을 살아 주기를 고집하지 않았네. 다만 내가 목회 생활 했던 것처럼 그렇게 소설을 써 주기를 바랄 뿐이네.

목사나 소설가나 세상에 메시지를 전달하는 것은 마찬가지다. 자네는 내 목회와는 비교가 되지 않을 훌륭한 소설을 쓸 것이야. 목사는 신의 사자(使者)이며 진정한 소설가는 신의 대역자(代役者)지. 대역자란 신의 섭리를 바르게 찾아내는 것이며, 사자란 그 뜻을 바르게 전달하는 것이네. 하여, 소설가에게는 영감이 필요하고, 목사에게는 신앙이 필요하다. 불행히도 인간에게는 두 가지 능력이 모두 주어지지 않아. 나이 팔십의 모세가 시내산 가시떨기 불꽃 속에서 깨달은 것은 바로 그것이었지. I am that I am(나는 나다)라는 신의 실체를 말이네.

그런 의미에서 모세는 사자라기보다는 대역자라고 할 수 있어. 구약시대의 선지자는 그 역할을 혼동했기 때문에 신의 섭리를 엄청나게 왜곡시켰지. 그래서 가장 합리적인 방법으로 신이 직접 이 땅에 올 수밖에 없었네. 그것이 성육신(Incarnation) 사건이며 십자가 사건이야. 그 후 예수의 제자들은 사자의 역할을 충실히 감당했으나 바울로부터 신의 섭리는 다시금 왜곡되기 시작해서 숱한 신학자, 신부, 오늘의 목사에 이르기까지 구약시대의 시행착오를 거듭하고 있으며 오히려 그때보다 더욱 심각한 상황에 다다르고 말았네. 하여, 자네야말로 이 시대에 왜곡된 신의 섭리를 바르게 캘 수 있는 유일한 인물일지 몰라.

성서를 다시 써 주기 바라네. 특히 창세기를 다시 써야 하네. 히브

리 신화의 테두리를 벗지 못하는 왜곡된 시각을 바로잡아야 해. 사실 나는 오래 전부터 창세기를 다시 쓰기 시작했었지. 하지만 시간이 흐를수록 자신감을 잃고 말았네. 이제 자네가 바로 그 위업을 받아야 해. 나는 정말 자네에게 여태 아무것도 강요하지 않았네.

나는 그의 편지를 받고도 오랫동안 가타부타 답신을 못 했다. 그것은 내가 신의 대역자니 하는 것과 너무 거리가 멀었고 더구나 성경을 다시 쓴다는 엄청난 일에 엄두가 나지 않았기 때문이었다. 우리는 다른 방향으로 돌아가는 톱니바퀴였지만 그는 언제나 같은 방향이라고 생각하고 있었다. 비록 같은 방향이라 하여도 그는 종각 그 높은 곳에 있었고 나는 땅에 붙어 있는 몸이었다.

하지만 나는 그의 요구를 거절할 수 없었다. 던져뒀던 창세기 원고를 다시 들고 써 보았지만 쓸수록 의문만 많아지고 파지만 늘어 갈 뿐이었다. 그가 말하는 대역자로서는 단 한 줄도 쓰지 못한 채 그를 찾아갔다. 그때가 지난 초겨울이었다. 그것이 결국 그와의 마지막 대면이 되고 말았다. 그는 ㅈ교회 사건 이후 더 이상 교회를 전전하지 않았다. 그리곤 줄곧 보현산 청량암에 지냈다. 그는 나처럼 목회를 포기한 것이 아니라 더 이상 설 자리가 없었기 때문이었다. 청량암에는 신학시절 머리를 깎고 입산해 버린 그의 친구가 주지로 있었다.

내가 그곳에 도착했을 때 쥐꼬리만 한 해가 막 서산을 뉘웃거리고 있었다. 하 목사는 초췌한 모습으로 나를 기다리고 있었고 암자의 주인 스님은 마침 출타 중이었다.

"목사님…"

나는 그 사이 훨씬 늙어 버린 그를 보는 순간 눈물이 쏟아져 말을 잇지 못했다.

"날씨가 차네, 들어가지."

왜 사서 그 고생을 하는지 나로서는 어떻게 할 수 없음이 안타까울 뿐이었다. 청량암은 말이 암자이지 불상 하나 없는 오두막집에 불과했다. 방 안에는 두 개의 찻잔이 가지런히 놓여 있었고 질화로 위에 얹혀 있는 주전자에는 더운 김이 모락모락 피어나고 있었다.

"나는 오늘 아침부터 이상하게도 두 개의 찻잔을 닦고 있었다네. 사람이 나이가 들면 예감이라는 걸 무시할 수가 없어… 왠지 귀한 손님이 올 것 같았단 말야… 허, 참…."

"용서하십시오. 제가 목사님께 너무 무심했던 것 같습니다."

"무슨 소리, 이렇게 오질 않았는가. 자, 차나 한잔 들게나. 좋은 차야."

연둣빛 작설차였다.

"옛날이 생각나는데요. 정말 그때가 그립습니다."

"귀거래라… 인간은 누구나 본래대로 돌아가길 바라지…."

"무릇 지나간 일은 모두 아름답다지만 어린 시절 고향에서 일은 지금도 꽤 자주 꿈자리에 나타나곤 합니다."

하 목사가 솔담배를 집었으므로 나는 얼른 내 담배를 내밀었다.

"아니야, 난 이것이 좋네. 자네도 한 대 피우게나."

"그렇다면 저도 목사님 담배를 피워 보고 싶습니다만…."

"허허, 그러려무나. 참으로 허망한 세월이야…."

길게 연기를 내뿜는 그의 이마에는 주름살이 깊게 패여 있었다. 그 주름살 위로 막 기우는 저녁 햇살이 문창지를 통과해서 비치고 있었다. 분위기 탓인지 담배 탓인지 아득한 세월이 자꾸만 두레박질을 하는 것 같아 눈시울이 뜨거워졌다.

얼마나 시간이 흘렀을까. 우리가 돌부처처럼 마주 앉아 문창으로 쓰러져가는 동짓달 짧은 해를 아쉬워하듯, 바깥에 쌓이는 낙엽 소리를 하염없이 듣고 있었다.

"바둑이나 한판 둘까."

뜻밖이었다. 나는 바람에 스치는 듯한 그의 말에 눈만 둥그렇게 뜨고 그를 바라봤다. 어린 시절 우리는 종종 바둑을 두긴 했지만 그 상황에서 바둑이란 뜻밖이 아닐 수 없었다. 하기야 너무 오랜만에 만난 우리가 해야 할 적당한 말과 그것을 엮어 낼 마땅한 일이 없었다. 아무리 그렇다 해도 바둑이란 느닷없었다.

혹시 잘못 듣지 않았나 했지만 하 목사는 일어나 벽장을 열고서 민지가 뽀얗게 쌓인 바둑판을 꺼내 왔다.

그때 나는 그에게 바둑을 배우면서 바둑적 재능이 있다고 칭찬을 많이 들었다. 그리곤 바둑을 까맣게 잊고 지내다가 방랑시절 한때 바둑에 빠진 적도 있었다. 내 급수를 정확하게 모르지만 기원 주변을 기웃거리면서 내기 바둑으로 제법 입에 풀칠도 할 수 있었으니 강한 일급은 되지 않을까 짐작하고 있을 뿐이었다. 그러나 그것 역시 한때였고 여태까지 바둑을 까마득하게 잊고 있었다.

"몇 점을 놓을까요?"

하 목사의 바둑 실력이 대단한 것은 알고 있었지만 나와의 치수를 가늠할 수가 없었다.

"점은 무슨 점, 그냥 두게나."

아무튼 스무 해가 가까운 세월의 공간을 우리는 바둑의 묘수를 찾은 것처럼 바둑으로 채우기 시작했다. 하지만 바둑 역시 여태 내 삶이 그러했듯 끊임없이 하 목사의 돌을 따라다녔다. 하 목사의 돌은 잡힐 듯 잡힐 듯 잡히지 않았다. 그러나 하 목사는 결코 내 돌을 쫓지 않았다.

"자네, 바둑이란 게 말이야…."

하 목사는 바둑을 두다 말고 돌을 거두며 말문을 열었다.

"신의 섭리와 같애…."

나는 다시금 그의 느닷없는 행동에 같이 돌을 거두며 무슨 말인지 모르겠다는 표정으로 다음 설명을 기다렸다.

"흔히들 신의 섭리라면 운명으로만 단정하지…."

지난 세월 속에 하 목사는 늙어 버린 모습과 함께 말씨도 많이 변했다. 혼자 살아선지, 그 말로 인해 많은 시달림을 받아선지 그는 가능한 말을 아꼈다. 그것이 사달의 가슴을 아프게 했다.

"봉지에 든 것이 뭐냐? 먹을 것이라면 끌러 보게."

"참, 잊었군요. 약줍니다."

나는 준비해 간 약주와 안주를 꺼냈다.

"목사님 건강을 위해 특별히 구한 술입니다. 이것은 술이 아니라 약이니 드셔도 괜찮을 것 같습니다."

"아니야, 안주만 먹겠네."

"아직도 삼금이십니까?"

"사금일세."

"사금이라뇨?"

"금언(禁言)이 추가됐네."

"그렇다면?"

"오늘은 자네니까 특별히 입을 여는 게야."

"목회자의 생명이란 말씀이지 않습니까?"

"자네도 알다시피 이제 내가 설 곳은 없어. 할 일을 다 했다는 것과 같아."

하 목사가 삼금이라 하는 것은 금주(禁酒), 금색(禁色), 금재(禁財)였다. 그래서 그는 여태까지 가정도 재산도 아무런 소유도 없었다.

"자, 자네나 한 잔 들게나."

"그러시다면 저도 마시지 않겠습니다."

"어허, 자네 내 고집을 모르는가?"

"저도 고집은 있습니다."

"여기까지 와서 날 섭섭하게 할 작정인가?"

"그렇다면 조금만 마시겠습니다."

나는 송구스럽게 받아 마실 수밖에 없었다. 문창에 쬐이던 햇살은 어느덧 사라지고 방 안은 쉽게 어두워졌다.

"자, 그럼 본론으로 들어가지."

하 목사는 내 가방을 가리키며 담배를 껐다.

"본론이라뇨?"

"자네, 이 늙은이가 보고 싶어서 여기까지 찾아오지는 않았을 테고…."

"그렇지는 않습니다만, 밤이 길지 않습니까."

"어쩌면 하룻밤도 짧을지 모르지… 자네의 태도로 봐선."

나는 하는 수 없이 가방에서 그 원고를 내밀었다. 곳곳에 그어진 빨간 줄들이 교회에 대항하는 그의 젊은 목소리처럼 살아 오르고 있었다.

"다시 볼 필요는 없네. 이것은 이미 내 원고가 아니라고 했잖은가."

그 원고는 다시 내게로 돌아왔다. 그것은 원고라기보다는 차라리 엘리사에게 던져진 엘리야의 겉옷과 같았다.

"어서 시작하게."

"창세기를 다시 써야 한다는 데는 동감입니다만 그에 앞서 몇 가지 여쭤 볼 말씀이 있어서…."

"알고 있네."

"획기적 작업치고는 기존 신학에 너무 얽매여 있지 않았나 하는 생각입니다."

"구체적으로 어떤 것 말인가?"

"가령 천지 창조 및 인간 창조 과정이 뚜렷하지 않고 인류가 출발하는 과정에서도 언어나 사회성이 너무 급속하게 발전하는 것을 들 수 있습니다."

"그것이야말로 앞으로 자네가 해야 할 과업이네."

"그러시다면 예정설(豫定說)에 대한 명확한 설명이 필요합니

다. 저는 예정설을 하나님과 인간의 관계를 가르쳐 준 것이라 생각
합니다만…."

"어떻게?"

하 목사의 목소리는 다시금 힘이 차 있었다. 그러나 나는 어둠
때문에 그의 표정은 볼 수가 없었다.

"불을 켰으면 좋겠습니다."

"아직은 이대로가 좋지 않느냐?"

"좋습니다만 제가 준비한 메모가 잘 보이지 않아서…."

"할 수 없지…."

하 목사는 호롱에 불을 밝혔다. 그 산중에 전기 시설이 있을 리
만무했지만 정말 오랜만에 보는 호롱불이었다. 호롱불빛이 새끼
손가락의 끝처럼 조심스럽게 피어올랐으나 방 안은 여전히 침침
했다. 아직은 바깥에서 들어오는 빛을 이기지 못하고 있었다. 호롱
불에 익숙해진 그의 주름진 얼굴이 한층 초췌하게 보였다.

"먼저 하나님에 관한 것입니다. 과연 하나님은 우리와 같이 형
체가 있습니까?"

"하나님은 영이시기에 형체가 없네."

"하나님이 형체가 없다면 어찌 말씀은 있을 수 있습니까?"

"그 말씀이란 물리적 소리를 의미하는 것이 아니라 곧 섭리를
의미하네."

"그러시다면 하나님이 인간을 창조하실 때 흙으로 손수 자신의
모양을 닮게 빚고 코에 생기를 불어넣었다 했는데 그건 모순이 아
닙니까?"

“잘 봤네. 나도 그렇게 창조했다고는 생각지 않아.”

“그러면 왜 목사님의 창세기에는 인간이 그렇게 지음 받는 걸로 썼습니까?”

“그게 내 한계네. 내가 자네에게 이 위업을 넘기는 것도 그것 때문이네.”

“목사님께서 그렇게 생각하고 계시다면 인간 역시 말씀으로 지었다고 넘어갈 수 있지 않습니까? 가장 중요한 부분인데 말씀입니다.”

“가장 중요한 부분이기 때문에 더욱 그렇지. 왜 굳이 다른 것은 말씀으로 창조하고 인간은 말씀으로 창조하지 않고 손수 빚고 코에 생기를 불어넣었다고 했겠나?”

“그렇다면 인간의 창조는 하나님의 섭리와는 별개라는 말씀이십니까?”

“그럴 리야 있겠나. 인간과 다른 만물과의 다른 점을 말하겠지. 즉 동물은 혼이 없고 인간은 신을 알고 그 신을 대리하지 않는가. 하지만 인간 역시 지을 때는 다른 만물과 마찬가지로 그 어떤 섭리로 다시 말하면 우리가 생각하는 형체가 있는 하나님이 무슨 반죽을 해 조각품을 만들 듯이 한 것이 아니라 신의 섭리로 말이야… 그 구체적인 것을 알 수 없는 내 한계가 안타깝지만….”

“도대체 그 섭리란 무엇입니까? 그 섭리로 인간을 역사한다면 수많은 비극과 죄악들은 어떻게 설명해야 합니까. 만약 그 섭리가 그와 같은 그릇된 인간 행위를 규제하지 못한다면 무슨 의미가 있으며 어찌 그것을 전능하신 신의 섭리라 할 수 있습니까?”

"비극과 죄된 것은 섭리의 모순이 아니요, 신의 전능성과도 상관이 없다. 다만 그것의 배후에 숨겨진 진정한 신의 섭리를 모르기 때문이다. 하나님이란 우리가 생각하는 '전능'으로써는 전능하지 않다."

"그건 또 무슨 말씀이십니까?"

"하나님은 죄도 지을 수 없고, 죽을 수도 없고, 변화될 수도 없는데 어찌 전능한가. 그러나 그것은 하나님의 힘이 모자라기 때문이 아니라 하나님의 본성과 모순되기 때문이다. 이를테면, 우리는 닭보다 지혜롭고 힘이 세지만 그렇다고 달걀을 낳을 수는 없다. 우리는 선한 사람을 증오할 수 있으나 하나님은 그러지 못한다. 그래서 비극이나 죄된 것은 섭리의 모순이 아니라 모든 존재가 지니는 힘의 근본적 상대성 때문이다. 하나님은 우리를 심판해 쓸어버릴 수 있지만 인간의 마음을 마음대로 돌이킬 수는 없다. 그것은 독재자가 전 국민을 죽일 수는 있어도 마음까지 뺏을 수 없는 것과 같다. 심지어 우리가 돌을 하나 옮길지라도 그 돌의 무게만큼 저항을 받는 것이다. 존재하는 모든 것은 대항하여 저항하는 힘이 있다. 그것이 곧 악한 자에게도 선한 자에게도 비를 내리는 신의 섭리이며 그 섭리는 자연법칙과도 통한다."

"하나님은 섭리, 곧 형체 있는 모습이나 물리적인 소리인 말씀으로 인간사에 직접 간섭을 않는다는 원칙에는 동의합니다만 맨 처음 아담에게는 예외였습니다. 그것 역시 모순이 아닙니까?"

"예외는 없어."

"그렇다면 아담에게 하나님이 직접 나타나시지도 그 어떤 지시도 없었다는 말씀입니까?"

"그렇네."

"그럼, 인간이 어떻게 야훼 신을 알며 그 창조의 비밀 또한 알 았습니까?"

"그러기에 인간이 아닌가. 인간에게는 그런 능력이 있어."

"심지어 신에게 도전하며, 죄를 지을 수 있는 능력도 말입니까?"

"자넨 역시 훌륭해. 그것이 금단의 열매에 대한 수수께끼의 실마리가 아닌가."

"전 아직도 혼란스럽습니다. 한 가지만 더 여쭙겠습니다. 진화론에 대해 어떻게 생각하십니까?"

"수긍할 것은 수긍해야지. 자연의 법칙이란 신의 섭리와 다르지 않아."

"인간이 원숭이에서 진화했다는 주장도 수긍하신다는 말씀이십니까?"

"글쎄, 그것이 사실일 수도 있겠지…."

"그렇다면 성경에 기록된 창조에 대한 전면 부정이 아닙니까?"

"창조에 관한 기록이라는 것이 일종의 서사시이기 때문에 상징이 심하고 하나의 낱말에도 많은 뜻이 숨어 있다고 볼 수 있네. 그렇기 때문에 사실을 확인하려는 태도보다는 그 의미를 찾는 태도, 곧 신의 섭리를 찾아내는 것이 올바른 태도가 아니겠는가. 창조 부분을 기록한 것은 모세가 아니라 두 사람 또는 두 학파라는 사실이야. 또한 창조 서사시는 바빌론 포로 시절에 기록이 되어졌다는 점이야. 그것은 마치 우리의 건국 신화가 고려 시대 대몽 항쟁 기간에 쓰여진 것과 같이 민족적 자긍심과 유대를 강화하기 위해서라는 목적을 배제할 수 없다는 것이지."

"창세기에서 아무리 상징이 심하고 아무리 많은 뜻이 숨어 있다손 지금의 진화에 관한 암시를 어느 구절에서 찾을 수 있겠습니까? 또한 인간의 조상이 원숭이란 부분도 말입니다."

"우리, 특히 기독교인들이 망각 또는 착각하고 있는 것이 있어. 그것이 무엇인가 하면 신의 섭리를 너무 인간 중심적으로 생각하고 있다는 점이야. 우리가 살고 있는 지구는 태양계 입장에서 보면 하나의 작은 점에 불과하고, 태양계는 은하계에서 도 하나의 점에 불과하며, 은하계는 우주에서 하나의 작은 점에 불과하지. 신의 섭리는 그 우주 이상의 것이 아닌가."

"다시 예정론으로 들어가서 말입니다… 채 열 살도 되지 않은 어린 아이가 있다고 합시다. 그 아이가 어느 날 갑자기 내가 이 집의 가장이라며 가정을 꾸려 갔을 때 과연 그 가정이 잘 살 수 있을까요? 마찬가지로 우리 인간은 하나님의 테두리 안에 있을 때만이 제대로 사는 것이 아니겠습니까?"

"불행히도 부모가 곁에 없을 때는 어쩔 수 없지 않느냐? 그 테두리라고 하는 것이 예정설이라면 열 살 난 아이에게 그런 일이 닥친 것 자체가 불행이다. 또한 어차피 신의 입장에서 인간이 열 살 난 아이에 불과하다면 인간의 삶이란 것이 소꿉장난에 지나지 않고 그 소꿉장난하는 아이로서는 나름대로의 의미가 있는 것이다."

"그러시다면 성서에 나타난 수많은 예언과 그 예언이 성취된 사실은 어떻게 설명이 될 수 있으며 전지전능하신 하나님께서 어찌 앞날의 일을 예견하지 못하겠습니까?"

"나도 그 점은 동감이네. 하지만 창세기 서문에서 밝혔듯이 그 예정이라는 것이 결코 반드시 그렇게 되어야 하는 외길이 아니라는 것이다. 이를테면 조금 전 우리가 둔 바둑과 같다고나 할까."

"바둑요?"

"그렇지. 바둑에는 수많은 수가 있고 또한 그 수만큼의 결과가 있네. 바둑을 두는 것은 인간이야. 어느 점에 놓을 수도 있어. 하지만 어느 점에 놓든 그 결과는 있는 법이야. 그것이 하나님의 예정이다. 즉 하나님은 고단자요, 하수들인 우리 인간이 두는 것을 보면 그 흐름을 짐작하고도 남지. 그것이 예언이요 그 예언의 성취다. 그러므로 예정이란 인간의 선택의지와 보이지 않는 결과의 팽팽한 줄다리기이며 그 순간순간의 모든 결과를 하나님이 예정해 두었다는 것이다. 이것이야말로 완전한 예정설이 아니겠는가."

호롱불빛은 그 자체가 연약함에도 방 전체를 밝히고 있었다. 호롱불 옆에 앉아 있는 하 목사는 호롱불 같았다.

그가 만약 호롱불이라면 나는 구석에 웅크리고 있는 어둠에 불과했다. 어둠은 결코 빛을 이기지 못한다….

정말이지 연약한 호롱불일지라도 무겁게 깔려 오는 어둠을 물리치고 있었다. 마찬가지로 내 질문이라는 것도 따지고 보면 그의 마음속에 자리잡고 있는 어둠을 쫓기 위한 행위라 할 수 있었다.

방 안은 가득 찬 호롱불빛으로 출렁거렸다. 전깃불에서는 그런 느낌을 받을 수가 없었다. 어디선가 새들의 호젓한 울음도 들려왔다. 나는 갑자기 잃어버렸던 먼 고향에 돌아온 것처럼 마음이 탁하니 풀어져 내렸다. 차라리 이승의 속된 인연 따위를 끊어 버리고 사는 하 목사가 한없이 부럽게 느껴졌다.

"이렇게 대하고 보니 목사님이 오히려 행복해 보입니다."

"내가 언제 불행했더냐? 인간의 행불행은 객관적으로 판단하는 것이 아니네."

"그렇다면 왜 그렇게 죽으려고 하셨습니까?"

"나는 이미 죽음을 포기한 지 오래됐네."

"사람들은 일이 잘 되지 않으면 삶을 포기하는데 목사님은 그 반대이십니다."

"예나 지금이나 나는 내 삶에 최선을 다하고 있을 뿐이야."

"하지만 저 자신은 그렇지 못한 것 같습니다."

"자네 글 쓴 것을 후회하나?"

"글뿐만 아니라 다른 면에서 후회할 때가 많습니다. 그러나 소설을 쓰기로 다시 마음을 고쳐먹었으니 이쪽으로 끝을 봐야죠."

"세상에 끝은 없어. 나, 술 한 잔 주겠니?"

"네에? 금주를 포기하십니까?"

나는 놀라움과 반가움으로 하 목사에게 잔을 올렸다.

"자네가 정성들여 가지고 온 약주인데…."

"목사님도 이제는 많이 늙으셨습니다."

"젊은 날에는 꿈을 키워 가고 늙어지면 그 꿈을 포기하는 것이 미덕이네. 앞으루 자네와 이승에서 언제 다시 이런 대좌가 있겠는가."

"무슨 말씀을 하십니까?"

나는 앞으로 많이 뵈올 것이라고 말은 했지만 왠지 그의 끝을 보는 것 같아서 쓸쓸했다. 하지만 우리의 대작은 시작됐고 그것은 내가 그동안 얼마나 바라던 순간이었는지 모른다.

"목사님, 전 사실 성서를 다시 쓴다는 것이 두렵습니다. 물론 능력도 없지만…."

"옛날 성서를 기록하는 수도사들은 하나님의 이름이 나올 때마다 목욕을 몇 번씩이나 하고 썼다더군. 그래서 지금의 야훼라는 하나님 이름도 실제 하나님의 이름이 아니라는 게야. 사실 하나님은 결코 무서운 분이 아닌데 인간 스스로가 올가미를 씌운 거야. 하지만 자네라면 충분히 그 일을 해낼 수 있어."

"쓴다 해도 목사님만큼은 불가능합니다. 이것은 솔직한 심정입니다."

"내가 쓴 것은 자네가 지적했듯이 모순투성이야."

"그것은 저 스스로의 의심을 확인하려는 의도일 뿐입니다. 목사님이야말로 천동설에 대항했던 코페르니쿠스의 업적 그 이상일 수 있습니다."

"그것을 자네가 그렇게 되도록 해야 해. 코페르니쿠스의 업적이 어찌 당대만이더냐."

"저는 결코 그만큼 쓸 수가 없습니다."

"자네는 쓸 수 있어."

"목사님께선 언제나 제게 그런 긍정적인 말씀밖에 하지 않았습니다."

“나는 결코 사람을 잘못 보지 않아.”

“그러시다면 나머지 원고도 보여주십시오.”

“그것으로 충분하네.”

“그렇지 않습니다.”

“자, 술이나 따르게.”

“목사님….”

“술이나 따르래두. 자네 힘으로 써야 하네. 그리고 줄려고 해도 모두 불살라 버렸어.”

우리는 묵묵히 술잔만 돌렸다. 나는 정말 자신이 없었고 더 이상 질문을 하지 않았다. 그가 정말 금언을 감행하듯 입을 굳게 다물고 있었다. 들창문 밖으로 앙상한 가지를 흔드는 초겨울 밤의 바람이 윙윙 소리를 질렀다. 그 소리가 한 번씩 높아질 때마다 호롱불은 깜박깜박 허리를 젖혔다. 얼큰히 달아오른 취기 탓인지 자꾸만 그 호롱불 속으로 빨려들어가 스무 해란 세월을 거슬러 오르는 착각을 하곤 했다. 얼마나 꿈꾸어 오던 순간인가. 그것이 만약 꿈이라면 영원히 깨어나기가 싫었다.

장자의 나비 꿈 이야기처럼, 혹시 우리는 아직 스무 해 전의 우리이고 지금의 우리가 오히려 스무 해 전의 꿈속일 것 같았다. 우리는 그렇듯 꿈속과 현실의 경계를 넘나들듯 저녁도 잊은 채 많은 술을 마셨다.

“자네 그만 눕게나.”

하 목사는 포개 놓은 이불에 팔베개를 하고 누웠다.

“먼저 주무십시오. 제가 이부자리를 봐 드리겠습니다.”

"아닐세, 이 나이에 무슨 잠이 있겠나. 나는 여기 누워서 저 호롱불을 보곤 한다네. 그러노라면 호롱불은 어느덧 한 이름 없는 시인이 쓴 긴 시를 들려주지. 그 시는 내게 얼마나 큰 힘이 되는지 모른다네. 때때로 밤을 꼬박 밝히며 그 시를 따라 읊지…."

"저에게도 들려주실 수 있습니까?"

"암, 눕게나."

나는 하 목사의 옆에 나란히 누웠다. 하 목사는 나직이 마치 호롱불의 속삭임처럼 읊어 갔다.

청옥빛으로 눈물이 익어

풀려 오는 봄빛살같이 슬픔이 풀려

물빛 연한 시간 위에 오늘은 한 포기 꽃을 심는다.

이제, 어제와 그저께와 그 모든 저녁은 다 끝나고

가장 아픈 순간 속에 새로 눈뜬 천 년 속의 이야기를

즐거워 즐거워 꿈속에 거듭되는 눈물의 뜻을

부뚜막 위의 소금과 아직은 말하지 않은 말

아무도 말하지 않았고

소금을 뿌리며 맨발로 걸어가는 길을 멈추지 않았다.

내 영혼의 푸른 피 삭은 뼈가 다시 죽을 때까지

언제나 내 노래는 시작되고 끝나지 않았나니

내가 나를 구하지 못하고

길을 잃고 길을 잃고 먼 거리 위에서 저물 때

그 하늘에 호호등불 닦았는가.

어둠이 어둠으로 빛나고 아픔이 아픔으로 산을 밝히듯

랍비여,

뿌리 속에 묻어 둔 그날의 삭지 않는 불씨를 꺼내

호롱불 심지 밑에 불을 밝히고

소롯이 타오르는 꿈도 주소서.

누구에게나 죽어 있는 시간과 죽어 있는 땅이 남아 있듯이

누구에게나 살아 있는 시간과 살아 있는 땅이 남아 있다.

호롱불 밝히는 날마다 꿈을 잃은 사람들에게

한 송이 꽃이라도 전해 주면서 손이라도 잡아 주소서.

그러면 죽어 간 나날들이 하나씩 꽃으로 피어나고

삼켜 온 설움이 저마다 하나씩의 빛깔을 차리고 익어 가나니

슬픔이 익어도 괴로움은 다해도

그렇지, 그렇지, 가다가다 활의 과녁에 꽂히는 외로운 생각.

숯 같은 얼굴을 하고 잠시 가슴에 귀를 묻으면

무너지는 성벽,

오직 내가 가야 할 길은 언제나 반대편일 뿐이다.

　하 목사는 멈추지 않았다. 밤이 깊어도 바깥의 바람 소리는 잠
자지 않았다. 그가 나직이 읊고 있는 소리는 가물거리는 호롱불을
어루만지다가 간혹 그 호롱불 속에서 기어 나오기도 했다. 그것이
남의 시라고 할지라도 그건 그의 노래였다. 그는 한 평생을 오로지
그 노래처럼 살아온 것이었다.
　그때 나는 하 목사가 호롱불이 되어 어둠 속을 걸어가는 환상을

보고 있었다. 그 코페르니쿠스의 호롱불을.

"자네 무엇을 보고 있는가?"

하 목사는 시를 다 읊고 나서 문득 그렇게 물었다.

"호롱불의 환상을 보고 있습니다."

"됐네. 부디 그 푯대를 놓지 말게."

"푯대는 환상에 지나지 않습니다."

나는 그 푯대가 무엇을 말하는지 잘 몰랐지만 그렇게 말했다.

"환상은 믿음의 그림자요, 계시는 신념의 표출일세."

"저는 목사님처럼 저 자신을 부인하고 십자가를 질 수 없습니다."

"십자가가 어디 나무로 된 것만이 아니지 않는가. 무릇 모든 인간에게는 자기 몫에 알맞은 자기의 십자가가 있네."

"그 큰일을 한낱 무명작가인 제가….'"

"밤이 깊으면 아침이 온다. 부디 푯대를 놓지 말게나. 그것이 나의 십자가요, 자네의 십자가다."

다소 평평한 길이 이어졌다. 내 코트는 이미 젖어 물방울이 뚝뚝 흘러내렸다. 저만큼 앞서가는 맹 목사의 모습이 보였다. 검은색 두터운 코트에 중절모를 쓰고 지팡이에 의지한 채 걸어가고 있었다. 나는 눈바람을 가르며 뛰어갔다. 내가 부르는 소리에 돌아서던 맹 목사의 모자가 바람에 날려갔다. 나는 우선 모자를 집고는 인사를 올렸다.

"목사님께서?"

"어떻게 혼자 보낼 수 있나."

"너무 뜻밖입니다."

"왜, 아편쟁이가 이단자 장례식에 참석하는 게 무슨 잘못이라도 있는가?"

"그건 아닙니다만…"

"인간은 모두 불쌍한 존재라네."

"길이 험한데 괜찮겠습니까?"

나는 그를 부축했다. 진눈개비가 굵어졌다.

"하 목사는 이 길을 수없이 걸었을 것이네."

맹 목사는 내 부축을 뿌리쳤다. 다행스럽게도 바람은 우리의 등 뒤에서 앞쪽으로 불었기 때문에 조금은 수월하게 걸을 수 있었다.

"박 전도사, 아니 이제는 박 선생이라 불러야겠군. 여길 여러 번 왔겠군."

"한 번밖에 찾아뵙지 못했습니다. 참, 암자의 주지 스님을 목사님께서도 아시겠군요."

"그분에게 부음을 들었네. 지금은 다른 길을 가고 있지만 신학교 시절에는 하 목사도 그렇고 꽤 가까이 지냈지… 박 선생, 잡지사 재미는 어때?"

"그때는 정말 죄송했습니다."

"아닐세, 사람은 다 제 몫의 달란트가 있는 법이야. 박 선생은 제 길을 찾은 거야."

쉰 듯한 맹 목사의 목소리는 날씨 탓인지 무척 쓸쓸하게 들려왔다.

"생각하면 아무런 소명감도 없이 목자의 길에 들어선 것이 어리석었습니다."

"소명이란 게 말이야…."

맹 목사는 문득 가던 길을 멈추고 지팡이로 무엇인가 가리키고 있었다. 그 지팡이 끝으로 폐가가 된 지 오랜 듯싶은 반쯤 허물어진 집이 한 채 있었고 그 옆에는 감나무 한 그루가 보였다.

"자세히 보게나."

잎사귀라고는 하나 없는 앙상한 가지 끝에는 이미 까맣게 굳어 버린 감 하나가 탱탱하게 달려 있었다.

"감이군요."

"모진 생명이네. 자네는 저 감이 행이라고 생각하나, 불행이라고 생각하나?"

"행이겠죠."

"나도 그렇게 생각했었어. 하지만 자꾸만 하 목사가 부러워져… 어차피 떨어질 감이라면 저렇게 달려서 폭풍한설을 견뎌 본들 무슨 의미가 있는가."

왜 그는 하 목사가 부럽다고 말했을까… 그만한 명성, 그 권위, 그 자리, 그 재산, 그리고 성공한 자녀들… 그것은 어렵게 살다가 초라하게 가 버린 하 목사를 부러워할 아무런 이유가 없지 않는가. 죽음 때문일까… 그렇다면 그 감은 죽음 앞에 바둥대는 맹 목사의 형상이란 말인가….

"하 목사님께서 자살하셨다고 보십니까?"

"때를 찾았지…."

"저는 그분이 죽으려 하는 것을 여러 차례 보았습니다만 스스로 목숨을 끊을 분은 아닙니다."

사실 그의 사인(死因)은 아무도 모른다. 유언처럼 보이는 그 쪽지를 가지고 자살로 추정하는 것은 그를 모르기 때문이다. 그 쪽지는 이미 오래 전에 써 놓았을 것이고, 최소한 나의 확신은 그가 살려고 노력했으며 그 노력의 과정에서 죽음의 길이 있을 수 있다는 것이었다.

"문제는 그 죽음을 대수롭지 않게 여기고 있다는 점이야."

"그것은 그분에 대한 저의 수수께끼이기도 합니다."

"사실 나는 이 나이에도 그 죽음이 두렵네."

"목사님답지 않으신 말씀입니다. 목사님께선 순교까지도 스스럼없이 하실 분이 아닙니까."

"순교라는 것은 그 상황이 만드는 것이지 아무도 장담할 수 없어."

"왜요, 천국이 기다리고 있지 않습니까?"

"쇠똥으로 굴러도 이승이 저승보다 좋다질 않나."

"하지만 목사님께선 언제나 천국의 소망을 가르치지 않으셨습니까?"

"박 선생도 목회를 해 봐서 알겠지만 목사들이란 어떤 의미에서 미심쩍은 부분을 설교해서 확신을 얻고자 할 때가 있어. 간혹 말이야. 잠자리에 들기 전 아주 순간적이지만 여태 내가 그렇게 믿어 왔던 것이 과연 사실일까 하는 걱정, 그것은 순간에 불과하지만 엄청난 공포라네. 그럴 때마다 자살하는 사람들을 생각해 보지. 자

살이란 어떤 의미에서 살아 있는 사람들에게 위안을 주기도 한다
네. 하지만 짧은 공포가 지나고 곧 생각을 정리하면 도마(Thomas)
처럼 예수의 창자욱을 만져 보고 믿는 어리석음이라는 것을 느끼
지. 나는 오늘 이 산길을 오르면서 줄곧 그 짧은 공포에 대해서 생
각하고 있었네."

우리는 다시 묵묵히 걸었다. 맹 목사의 밤색 중절모 위에는 그
의 쉰 머리카락 같은 하얀 눈이 수북이 덮여 있었다. 바람은 거의
잦아졌고 어느덧 진눈개비는 함박눈으로 변해 펑펑 쏟아지고 있
었다. 푸드득푸드득 눈이 쌓이는 숲 속에서 간간이 새들만 날고 있
었을 뿐 산길은 적막했다.

"목사님, 저… 제가 지금도 이해할 수 없는 것은 그때 왜 파국
을 뻔히 아시면서 목사님께서 하 목사님을 초빙했습니까?"

"나는 목사 하태산(河泰山)은 좋아하지 않지만 인간 하태산은
좋아하네."

"하태산이라뇨?"

"하 목사의 본명이네. 신학교 시절 그분이 소설을 쓰면서 가료
라는 필명을 쓰더니 그 뒤 쭉 태산이라는 이름은 사용하지 않더군.
이를테면 열심당원이었던 가룟 유다가 가지고 있는 안티 또는 변
혁에 대한 열성을 흠모했다고나 할까…."

"저도 그런 이야기를 들은 기억이 있습니다. 가룟 유다는 단테
라는 터무니없는 작가가 지옥의 맨 밑바닥으로 보냈을 뿐이라고
말입니다."

"허허, 그런 소릴 자주 했지…."

116

맹 목사는 잠시 걸음을 멈추고 가쁜 숨을 몰아냈다.

"그런데 제가 아까 드린 질문 다시 드려도 되겠습니까?"

노약한 그에게는 눈 내려 미끄러운 산행이 무척 힘들었다. 나는 호흡이 가쁜 그에게 조심스럽게 질문을 할 수밖에 없었다.

"그렇지, 대답이 자꾸 엇길로 가는구만… 아까도 말했네만 목사도 인간이기 때문에 완전한 신앙인이 될 수는 없어. 간혹 스스로 자신감이 약해질 때 전혀 다른 신학관을 가진 사람을 통해서 자신의 신앙을 확인해 보고 싶어하는 일종의 보상심리라 할까… 하지만 목사란 설사 의심이 있다 해도 확신으로 파악해야 하고 그 확신을 양들에게 심어 줘야 하네."

"목사님, 지금에야 고백합니다만 제가 그때 감사헌금 빼돌린 것 알고 계셨죠?"

맹 목사는 대답을 않고 고개만 끄떡이면서 숨이 찬 듯 연신 더운 입김을 밖으로 쏟아 내고 있었다.

"그것은 제가 교회를 떠나기 위해서 스스로 만들어 놓은 함정이라고 할 수 있습니다. 죄송했습니다."

"박 선생은 하 목사의 수제자야, 훌륭한…."

"그렇지 않습니다. 전 그분과 다른 점이 많습니다."

"난 그렇게 느끼지 않아…."

어느덧 날이 저물었다. 눈은 벌써 발목까지 잠겨 왔다. 맹 목사는 내 부축을 거절하지 않았다.

"아직 멀었는가?"

"저쪽 모퉁이만 돌아가면 됩니다만 봄눈치고는 꽤 많이 오는 것 같군요."

"봄눈이란 게 말이야, 날이 밝으면 흔적 없이 사라지는 것이라네…."

그는 가쁜 숨을 몰아쉬며 혼잣말처럼 중얼거렸다.

샤갈, 시를 쓰다
-꽃을 위한 서시에 대하여

 그녀의 가슴은 이미 시(詩)들로 출렁거리고 있었다.

내가 처음으로 시를 건네주던 밤, 꿈인지 생시인지 분간할 수 없었지만(굳이 분

간한들 무슨 의미가 있으랴) 그녀는 가슴에 한 아름 꽃을 안고서 나 혼자만 있는

작업실로 찾아왔다. 그녀는 꽃과 함께 비스듬히 기울어져 있었고, 내 몸은 수영

선수처럼 배영으로 떠올라 순한 짐승의 얼굴로 그녀에게 다가가 입맞춤했다.

1. 가고시마에 가고 싶다

하오의 가고시마 해변은 적막했다. 나는 스나무시 온천에 뜨거운 모래를 뒤집어쓴 채 혼자 누워 있었다. 모래를 덮어 주던 아주머니들노 보이시 않았다. 따뜻한 모래에 내 사지는 완전히 축 늘어져 마치 오장육부를 다 드러낸 미라 꼴이었다. 저만큼 우두커니 서 있는 해변 기둥 시계는 하오 네 시를 가리키고 있었지만 그 시간은 내게 아무런 의미가 없었다. 시간이 의미 없는 것은 또 하나 있었다. 수평선 위에 떠 있는 희멀건 낮달이었다.

너무 빨리 나온 것인지, 너무 늦게 나온 것인지 달은 시간을 잃어버린 채 거기 그 자리에 그렇게 떠 있었다. 낮달과 나는 바다를 사이에 두고서 서로의 거울 앞에 선 것처럼 닮은꼴이었다.

　모두가 달리기 선수처럼 내달리는 세계에서 나는 어정쩡하게 낙오된 낮달이었다. 그러나 사실 낮달을 보면서 맨 먼저 떠올린 것은 닮은 내 모습이 아니라 몇 해 전에 돌아가신 아버지와 몇 달 전에 가출한 녀석의 얼굴이었다.

　아버지는 한때 일본에서 살았다. 큐슈 탄광에 돈 벌러 와 많은 고생을 했다. 녀석의 처진 눈꼬리는 아버지를 닮았다. 처진 눈꼬리는 흙토자 형상이었다. 그래서인지 녀석도 아버지도 흙을 그리워했다. 고등학교 교사인 녀석은 방학이 되면 사라졌다가 방학이 끝날 무렵 돌아오곤 했다. 그런데 이번엔 개학을 하자마자 가출한 것이었다. 아버지도 말년에 가출이 잦았다. 가출에서 돌아온 아버지는 어디서 구했는지 짚을 잔뜩 가지고 돌아왔다. 그리곤 새끼를 꼬기 시작했다. 아파트 사람들이 쑥덕거렸고 아내가 아버지를 구박하곤 했다. 아버지는 흙이 그리웠던 것이다.

　또, 없어졌어요.

　녀석의 아내는 연중행사처럼 일어나는 남편의 가출에 대해 그다지 심각하게 여기고 있는 것 같지는 않았다. 하지만 나는 심각했다. 편지 내용으로 봐선 다시 돌아오지 않을 것 같았기 때문이었다.

　옛날, 요정과 결혼한 젊은이가 있었다. 요정의 조건은 화가 나더라도 절대 자신을 치지 마라는 것이었다. 그들은 매우 행복했다. 그러던 어느 날 집에서 키우던 말이 말을 듣지 않는 바람에 화가 나서 고삐를 집어던졌는데 그만 옆에 있던 아내가 맞고 말았다. 요정이던 아내는 순간 사라지고 말았다.

그 이야기 속에 마법은 젊음의 이상을 상징한다. 완전한 사회인, 완전한 사랑과 같은 완벽성에 대한 이미지가 숨어 있다. 하지만 나이가 들어 결혼을 하고, 점차 생활인이 되어 가면서 그 꿈은 깨어진다. 성인이 된다는 것은 그런 완벽성에 대한 환상 버리기 과정일지 모른다. 우리는 마흔을 넘어서면서부터 서로에게 침묵하기 시작했다. 우리는 흔들리지 않는다는 불혹에 오히려 심하게 흔들리고 있었다. 그것은 시(詩)였다.

어쩌면 우리가 지금껏 매달렸던 시(詩)라는 것이 바로 그 마법일지 모른다는 생각이 내 가슴을 아프게 했다. 같이 시를 쓰는 친구라지만 녀석은 잘 나가는 시인이었고 나는 그저 시인이라는 명함 하나만 걸치고 있는 처지였다. 그런데 녀석은 정말 느닷없이 시 쓰기를 포기했다. 시를 포기했다는 것은 일상의 모든 생활을 포기한다는 것이었다. 녀석은 편지에서 푸념했다.

이제부터 시를 쓰지 않겠네. 아니 시를 쓸 수가 없다. 삶을 노래한다지만 실상 삶에 아무런 변화도 줄 수 없는 죽은 언어로 기호화할 뿐이었고, 누군가 이미 만들어 놓은 틀 속에서 하나의 부속품이 되어 리모콘이나 작동시키며 핏기 없는 언어들을 조합하고 있을 뿐이었다.

그리고 아이들에게 시를 가르칠 수도 없다. 아무도 시를 좋아하지 않는다.

우리들의 학창시절만 하더라도 모든 여고생들의 가방에는 시집
이 들어 있었다. 그러나 지금 시집을 가지고 다니는 여고생은 없다.
학교에서 주옥같은 시편들을 들려주지만 아무도 감동하지 않는다.
오히려 감정 잡는 나만 쑥스러워지는 것이다. 그들은 봄비가 내려도
옷이 젖을까 봐 걱정한다. 나는 숨이 막혀 견딜 수가 없었다.

녀석은 '견딜 수 없었다'를 반복했다. 그러면서 뒤쪽에는 대조
적으로 샤갈의 마을 풍경을 그림 그리듯 펼쳐 놓고 있었다. 녀석의
의도는 분명했다. 시가 없는 삭막한 문명의 세계를 거부하고 삶 자
체가 시가 되는 완전한 자연의 세계로 떠난 것이다. 그것은 결코
일시적인 충동에 의한 행동이 아니었다. 나는 편지를 읽으면서 배
낭을 챙겼다.

남해 멀리— 아름다운 섬이 있었다. 거기에는 시간도 세월도 없었
다. 전기도 텔레비전도 자동차도 없었다. 어른도 아이도 짐승들도 같
이 뛰어놀았다. 꽃과 나무와 별과 달의 숨소리도 들을 수 있었다. 그
래서 그곳은 작은 빗방울 하나에도 감동한다. 샤갈의 마을이었다.

마치 유년 시절 함부로 그려 놓은 크레파스 그림처럼 천진난만
한 꿈의 세계였다. 곳곳에 짙은 향수가 배여 있었다. 그와 나의 의
식 저 깊은 곳에 도사리고 있던 샤갈의 마을이었다. 그래서 가끔씩
꿈속에서 나타나곤 했다. 어떨 때는 그 꿈이 너무 선명하게 다가왔
다. 꼭 한 번 가 본 섬 같기도 하여 지도를 펴 놓고 남해 먼 바다를

더듬어 보기도 했다. 제법 큰 섬 같았는데 그 섬은 없었다.

가고시마에 가고 싶었다. 그가 남쪽 먼 바다로 떠났음에 나에게 남쪽 먼 바다의 섬은 가고시마였다. 가고시마, 하면 떠오르는 것은 언제나 어린 사슴이 뛰어노는 섬의 모습이었다. 아니 그것은 샤갈의 마을이었다. 사실 가고시마는 섬이 아니라 큐슈 맨 남쪽 지역의 이름일 뿐이었다. 그런데도 내게는 언제나 어린 사슴의 섬이었다. 뜻으로 보면 '어린 사슴의 섬(鹿兒島)'이지만 일본말 음차로는 '먼 옛날, 전생 또는 돌아오지 않는 과거의 섬'이란 뜻도 있었다. '흔들리는 불혹'이라는 아이러니는 먼 유년으로 돌아가고 싶어도 돌아갈 수 없는 나이이기 때문이 아닐까. 돌아올 수 없는 과거란 별과 달의 숨소리도 들을 수 있는 완벽한 자연의 세계이거나 빗방울 하나에도 감동하는 완전한 시의 세계, 곧 우리가 꿈꾸던 샤갈의 세계였다.

그러기에 가고시마에서 녀석을 찾는다는 기대는 애초부터 없었다. 그것은 내 스스로의 구실에 불과했다. 왜냐하면 녀석이 말하는 남쪽 먼 바다의 섬이란 가고시마보다 훨씬 먼 고갱의 섬 같은 남태평양의 어느 섬일 지도 모르기 때문이었다. 그래도 내가 가고시마를 찾은 것은 그런 현상을 확인하고 싶었는지 모른다. 아니 가장 절친한 친구가 세상을 등져 버린 그 '흔들리는 불혹'이라는 아이러니 속에 내가 할 수 유일한 일임을 나는 진작 알고 있었다.

내게도 샤갈의 마을이 필요했다. 샤갈의 그림은 공유할 수 있어도 샤갈의 세계는 결코 공유할 수 없는 것처럼 우리가 생각하는 샤갈의 마을은 어차피 같을 수가 없었다. 그것은 샤갈의 세계가 사실

의 세계가 아니라 의미의 세계요, 현상(現象)의 세계이기 때문이
었다.

수천 리를 배와 기차로 무엇에 쫓기듯 가고시마까지 달려온 것
이다. 떠나오면서 심한 멀미를 일으켰다. 멀미란 공간과 시간에 적
응을 못 했을 때 생기는 현상이다. 녀석이 시에 환멸을 느껴 가출
이 잦을 무렵 나는 어이없게도 젊은 아가씨와 시와 같은 사랑에 빠
져 있었고, 그 사랑이 끝났을 때 나는 회전목마에서 내린 것처럼
어지러웠다.

2. 꽃을 위한 서시

십 년째 사람 하나 바뀌지 않는 편집실, 내 자리도 내 일도 내
아내의 표정도 그대로였다. 남들은 시인이라고 부러워하는 경우
도 있지만 벌써 몇 년째 한 편의 시도 쓰지 못했다. 내 삶은 마흔을
넘기면서 탄력을 잃어버렸고, 웬만한 일에도 감동이 일어나지 않
았다. 상상력도 고갈됐다.
나는 다시 시를 써 보기로 했다. 그것은 더욱 무료했다.
아직도 시를 쓰는 사람이 있습니까.
스스로 빈정거려 보기도 해 보지만 나는 다시 시를 쓰기 시작했
다. 그것은 사실 발악이라 해도 무방했다.
몇 시간을 의자에 몸을 맡긴 채 그냥 그렇게 있었지만 흔하게

울려 대던 전화 소리는커녕 인기척도 없었다. 약간의 시장기가 있
었지만 무료함을 뒤엎지는 못했다. 창에 어려 있던 노을이 사라지
면서 어둠은 비스듬히 기울어진 술병 속으로 들어와 있었다. 시계
바늘은 엿가락처럼 휘어져 시간을 알 수 없었고 알고 싶지도 않았
다. 무료한 인간에게 시간이란 별 의미가 없었다.

　　　모모는 생을 쫓아가는 시계바늘…

　　창 쪽에서 아카펠라 풍의 귀에 익은 노래가 흘러나왔다. 그 노래
는 몇 시간 동안 거의 무념무상의 경지에 빠져 있던 나를 흔들었다.

　　　모모는 방랑자 모모는 외로운 그림자…

　　나는 의자에서 용수철처럼 퉁겨져 나왔다. 창 밖을 확인했다.
25시 편의점.
　　낡고 어두운 골목에서 25시는 환상처럼 눈부시게 밝았다. 그곳
은 하루 스물네 시간도 모자라 한 시간이나 더 보탠 25시였다. 나
는 내 남아 도는 시간들을 넘겨주기 위하여 그곳으로 갔다.
　　25시에는 정말 모모와 같은 아가씨가 있었다. 그러나 정작 그
녀는 모모라는 노래를 듣고 있지 않았다. 청소를 하고 있었지만
귀에 꽂은 이어폰의 음악에 맞춰 춤을 추고 있는 것 같았다. 손님
이 들든 말든 별로 관심이 없어 보였다. 그래도 나는 그곳에 내 무
료한 시간들을 모두 풀어 버리고 싶었다. 나는 까닭 없이 시간을

지체했다.

　거기는 모두가 따로따로의 세계였다. 손님의 음악과 아가씨의 음악이 따로따로였고, 진열된 물건과 그 물건을 파는 사람과 사는 사람이 따로따로였고, 25시란 시간 또한 따로였다. 편의점이란 것이 손님이나 주인이나 편한 대로 사고 파는 것이리라.

　내 무료한 시간들을 진열장 한 구석에 풀어놓고 싶었다. 다음날도 그 다음날도 나는 똑같은 시간에 25시에 갔다. 그리고는 조금씩 내 무료한 시간들을 풀어놓고 왔다.

　25시, 그 덤의 시간을 갖고 싶었다.

　언제나 혼자뿐인 모모의 아가씨는 귀에 이어폰을 꽂은 채 여전히 자기 일에만 빠져 있었다. 우리는 한 번도 눈길이 마주치지 않았다. 말이라도 붙여 보고 싶었지만 따로따로 분위기 때문에 그럴 수 없었다.

　참으로 이상한 것은 그로부터 내 상상이 풀려나기 시작했다. 시가 되기 시작했다. 나는 그녀를 위해 시를 썼다. 밤새워 시를 썼다. 그러나 내가 쓴 시는 그녀의 아름다움을 그려 내지 못했고, 내 가슴에 새롭게 일렁거리는 감정을 나타내지 못했다. 나는 답답했다.

　무수한 원고지만 구겨지고 있었다. 그리고 화가 났다. 차라리 그림을 그리고 싶었다. 가슴 가득히 꽃을 안고 있는 그녀와 그녀를 순한 짐승의 눈빛으로 바라보고 있는 내 감정을 그리고 싶었다.

　그대는 꽃, 나는 한 마리 순한 짐승.

이것이 내가 뱉을 수 있는 최고의 시였다. 사랑을 하면 유치해
진다고 했던가. 하지만 나는 유치해질 수도 없었다. 울고 싶었다.
엉엉, 소리를 내 봤지만 그것은 쉰 바람소리 그 이상은 아니었다.

내 울음은 아닌 밤 돌개바람이 된다.

문득 이런 시 구절이 스쳤지만 그것은 이미 누군가가 뱉어 버린
시였다. 하지만 누가 이미 뱉어 버린 말이라 해도 무슨 상관이 있
으랴. 어차피 사랑을 하려면 유치해야 하는 것. 결국 나는 시를 썼
다. 꽃을 위한 서시.

나는 시방 위험한 짐승이다.
나의 손이 닿으면 너는
미지의 까마득한 어둠이 된다.

존재의 흔들리는 가지 끝에서
너는 이름도 없이 피었다 진다.
눈시울에 젖어 드는 이 무명의 어둠에
추억의 한 접시 불을 밝히고
나는 한밤내 운다.

나의 울음은 차츰 아닌 밤 돌개바람이 되어
탑을 돌다가

돌에까지 스미면 금이 될 것이다.

…얼굴을 가린 나의 신부여.

나는 흡족했다. 읽고 또 읽고, 읊고 또 읊었다. 정말 흡족했다. 여태 내가 시에 입문한 뒤 이렇듯 흡족한 적은 없었다. 그것은 누가 우긴다 해도 김춘수 선생의 시가 아니라 내 시였다. 말이란 원래 풍월(風月)과 같은 것이라서 누구든 가지고 노는 사람이 임자인 것이다.

그녀도 흡족했다.

잘 이해가 되지 않는다는 듯 몇 번이고 고개를 갸웃거렸지만 그녀의 가슴은 이미 시(詩)들로 출렁거리고 있었다.

내가 처음으로 시를 건네주던 밤, 꿈인지 생시인지 분간할 수 없었지만(굳이 분간한들 무슨 의미가 있으랴) 그녀는 가슴에 한 아름 꽃을 안고서 나 혼자만 있는 작업실로 찾아왔다. 그녀는 꽃과 함께 비스듬히 기울어져 있었고, 내 몸은 수영선수처럼 배영으로 떠올라 순한 짐승의 얼굴로 그녀에게 다가가 입맞춤했다.

아, 나는 황홀했고 몽롱했다.

그것은 여태 내가 한 번도 다다를 수 없었던 오르가슴의 세계였다. 꽃 속에 파묻혀 꿀을 빠는 벌을 생각했다. 온몸에 온통 꽃가루를 바르며 향기에 취해, 꿀에 취해 벌은 오르가슴에 도달한다. 꽃이 있는 곳이면 목숨을 걸고 뛰어드는 벌을 이해할 수 있었다. 세상에 벌처럼 행복한 생물이 있을까.

나도 벌이 될 수 있었다.

우리는 거의 매일이다시피 한 편의 시와 한 송이의 꽃을 서로 교환했다. 그때마다 그녀는 비스듬히 기울어졌고 나 또한 배영으로 떠올랐다. 세상에 뻗어져 있는 꽃을 위한 시는 모두 나의 언어였고, 나는 그 꽃의 주인이었다.

그러나 우리는 햇수로 한 해였지만 꽃피는 시절에 만났다가 핀 꽃들이 채 지기도 전에 헤어졌다. 그녀는 갓 피어나는 벚꽃처럼 아름다웠다. 그녀가 키 낮은 벚꽃나무 옆에 서면 나는 사진이라도 찍어 그 황홀한 아름다움의 순간을 영원히 멈추게 하고 싶었다.

꽃향기 가득한 사월 어느 날, 우리는 먼 바다로 가고 있었다. 목에 보랏빛 머플러를 두른 그녀는 빠알간 차를 몰고 나왔다. 그녀처럼 날씬한 그녀의 차를 타는 순간부터 내 모든 감각은 털끝까지 긴장하기 시작했다. 그것은 차를 타는 것이 아니라 차라리 그녀의 치마 속으로 기어드는 느낌이었다.

나는 몽롱했다.

우선 코끝에서 발가락 끝까지 파고드는 그 진한 향기와 그리고 그녀의 살결처럼 감지되어 오는 폭신한 의자는 나로 하여금 꽃을 안은 그녀와 입맞춤 할 때와 같은 오르가슴의 상황으로 빠져들게 했다.

시내를 벗어나자 그녀는 시속 120킬로가 넘게 질주했다. 나는 자꾸만 꿈을 꾸고 있다고 생각했다. 그 꿈은 시속 120킬로만큼 빠르게 흘러갔다.

나는 불안했다. 그리고 어지러웠다. 그렇듯 빠르게 질주하는 꿈을 놓치지 않으려 안전띠를 꽉 죄었다. 그녀는 그런 내 모습을 얼핏 보더니 음악을 틀었다. 역시 나로서는 처음 듣는 빠른 리듬의 노래였다. 무슨 뜻인지 잘 알 수 없었다. 나는 음악 때문에 더욱 불안해졌지만 그녀는 여유가 있었다.

그가 실존하지 않더라도 그건 상관없어요.
왜냐하면 꿈을 꿀 때만이 내가 살아 있음을 느끼게 되기 때문이죠.

핸들을 잡은 손으로 장단을 맞추면서 노래를 따라 불렀다. 그러면서 노래에 한층 신이 났던지 더욱 속력을 냈다.
모든 차가 뒤쳐져 갔다.
창 밖으로 짧은 봄이 빠르게 지나가고 있었다.
내 멀미가 요동치기 시작했다.
아, 나는 결국 시속 150킬로에서 그만 사정(射精)을 하고 말았다. 차에 오르면서부터 가장 긴장하고 있었던 것은 내 남성이었다. 그리고 나는 바다에 닿기 전에 완전히 풀이 죽고 말았다.

바다에 닿았다.
봄이라지만 어둠이 밀려오는 바닷가는 꽤 쌀쌀했다. 우리는 한동안 언어를 잊어버린 채 서로의 체온에 기대고 있었다. 쉬임 없이 밀려오는 파도 소리가 우리의 언어를 대신해 속삭이고 있었다.
나는 파도 소리에 기대어 나직이 그리고 조심스럽게 언어를 뱉

어 냈다. 하지만 내가 뱉은 언어는 너무 초보적인 것이었다. 사람
이 사람과 사귀면 상대를 알고 싶어하는 것은 당연했다. 내가 조심
스러워했던 것은 그녀가 그런 일상의 언어를 별로 좋아하지 않았
기 때문이었다. 그래서 나는 간접화법으로 궁금증을 노크할 수밖
에 없었다.

나에 대해서 알고 싶은 것 없어?

알고 있어요.

그녀의 말은 언제나 너무 짧았다.

뭘 알고 있는데…

시인이잖아요.

나는 허탈했다. 아니 아리송했다. 사랑한다는 것은 곧 관심이
지 않는가. 그녀는 나에 대해 관심이 없는 것 같았다. 그렇다면 왜
날 만나는 것일까. 정말 단순히 좋아하는 것일까. 아니면 세대차
이에서 오는 사랑의 방법이 다른 것일까. 나는 그것을 확인하고
싶었다.

나는 시인이라는 사실을 별로 내세우고 싶지 않아.

그럼 선생님은 내게 뭘 원하세요?

나는 그만 그 공격적인 질문에 할 말을 잊어버렸다. 나는 정말
그녀에게서 뭘 원하고 있는지 멍해 버렸다. 갑자기 바보가 된 느낌
이었다. 그런 면에서 나는 너무 서툴렀다. 내게 사랑이란 언제나
느낌만 있고 언어는 없었다. 인간과 인간 사이를 재단하는 그런 언
어가 내게는 준비되어 있지 않았다.

왜 날 만나지?

나는 못내 그 바보 같은 질문을 하고 말았다.

좋으니까요.

그녀의 표정 속에는 날 우습게 여기고 있음이 역력했다. 사랑은 단순한 것인데 고민스럽게 생각하는 날 오히려 이상해 했다.

시인에 대해선?

그냥 시인이죠 뭐.

그래, 시인이면 시인이지, 그가 어떤 시를 쓰고, 잘 쓰느냐가 굳이 필요한가. 그런 것을 따지고 들자면 머리가 아프다. 지나가는 사람들을 현상만 보지 않고 속옷은 무얼 입었으며 왜 우울한 표정을 짓고 있는가 등등을 생각하면 이렇듯 복잡한 세상을 살아갈 수 없을 것이다. 결국 내가 뱉은 언어는 실수투성이었다. 나는 내 실수를 인정했다.

차라리 나는 시를 읊었다.

그녀가 내게 다가오는 유일한 길이 꽃이듯이 내가 그녀에게 다가갈 수 있는 유일한 길은 시뿐이었다. 감정의 공유 없이 시가 우리 사이를 잇는 유일한 끈이라는 사실은 정말 아이러니가 아닐 수 없었다.

꽃이 되려면 말야… 그러나 기다릴 줄도 알아야 하겠지. 꽃봉오리가 맺힐 때까지

처음에는 이파리부터 하나씩. 하나씩 세상 속으로 내밀어 보는 거야…

모모는 잠잠했다.

그것은 침묵이 아니었다. 내 언어에 대한 그녀의 반응 수단이었다. 내 말뜻을 안다는 것인지 모른다는 것인지, 이해한다는 것인지 못 한다는 것인지. 불분명했다. 그러나 분명한 것은 내가 모모에게 시를 건네주든 시적인 언어를 내뱉든 그녀는 정성껏 받아들였다. 만약 내가 그녀의 태도에 대해 갑갑해서 일상의 언어를 쓰면 그녀는 곧 고개를 돌려 버렸다.

나는 그녀에 대해 아는 것이 없었다. 성과 이름조차도 모른다. 그래서 그녀는 모모다. 그것은 결코 내 관심이 부족해서가 아니었다. 그녀는 그런 것을 거추장스러워했다. 내가 그녀를 모모라 하는 것처럼 그녀는 나를 '아찌' 라 부른다. 하지만 그 아찌라는 이름은 사실 그녀가 차에서 따라 불렀던 그 노래처럼 그녀만이 꿈꾸고 살아가는 사이버 공간에서 존재하는 인물이다. 사실의 세계에서 나란 존재는 실존하지 않더라도 상관없었다. 이를테면 나는 여전히 그녀의 꿈속 존재인 것이다. 나는 그 점이 늘 불만이었다. 그렇다고 항의를 할 수도 없었다. 왜냐하면 나는 아직 그녀에게 모모라는 이름을 불러 보지 못했기 때문이었다. 모모는 현상 곧 내 시(詩) 세계에서 그녀의 이름일 뿐이다. 나는 그녀에게 모모가 아닌 다른 실재의 이름을 불러 주고 싶었다. 또한 그녀에게도 역시 '아찌' 대신 내 실재 이름이 불리고 싶었다. 그러나 그것은 불가능했다. 우리가 유일하게 공유할 수 있는 것은 현상, 곧 시뿐이었다. 시는 꿈과 같은 현상의 언어이며 시인들은 현상에 집착한다. 모모도 현상에 집착한다. 어쩌면 나도 그 현상을 좇고 있는지 몰랐다. 하지만 나는 최소한 모모와의 관계에서만은 일상의 언어를 뱉고 싶었다.

꽃이 무엇이며, 기다림이 무엇이며, 이파리를 하나씩 내미는 것이 어떤 것인지….

우리 사이와 구체적으로 연관시키고 싶었다. 그러나 그러한 시도는 언제나 나의 서툰 언어 때문에 늘 실수를 거듭하고 있었다. 결국 나는 '안도현의 꽃'을 설명하지 못하고 말았지만, 단 하나 놓칠 수 없는 위안은 세상 사람들이 뭐라 해도 나는 그녀에게서 진정한 시인이었다. 아니 그것은 사실 가장 큰 기쁨이었을 지도 모른다. 이 각박한 세상에서 시로써 말할 수 있는 사람이 있다는 것은 다행 중에 다행이었다.

그날 밤늦게 우리는 도시로 돌아와 어느 록카페로 갔다.

그곳은 카페라기보다는 차라리 바다였다. 수면에 폭풍이 몰아치고 있는 바다였다. 그 폭풍의 물결이 깊은 바다 속까지 밀려와 모든 악기들과 탁자들과 술병들을 미친 듯이 흔들어 댔다. 아니 중력이 사라져 버린 그곳은 모두 흐느적거리는 물고기의 세상이었다.

나는 그녀와 함께 춤을 출 수 없었다.

그녀는 곡예사가 그네를 타듯 춤을 추었다. 발은 공중을 향하고, 너울대는 긴 머리카락은 꽃나무가 되어 화사한 꽃을 피우고 있었다. 하지만 꽃은 향기가 없었고 음악은 핏기가 없었다. 컴퓨터와 신시사이저, 시퀀스, 드럼 머신, 샘플러, 미디 등의 기계가 만들어 내는 단순한 주기의 리듬, 똑같은 주파수의 음들이 한없이 반복되고 있었다. 술도 마시지 않은 그들은 그 음악의 최면에 걸린 듯 흐느적거렸고, 내뱉는 가사는 도무지 알 수 없었다.

나는 술을 마시면서 그 분위기에 동화되려고 애를 썼다. 술 탓이었을까, 음악 탓이었을까 나는 어지러웠다. 탁자에 턱을 괸 채 담배를 빼물며 그들이 주문처럼 중얼거리는 가사를 낚시했다. 하지만 내가 드리운 낚시의 찌는 그들의 춤보다 더 흐느적거렸다. 그러다 마침내 몇 개의 낱말들을 건져 올렸다.

자연의 힘은 사라져 가…
난 기계의 힘을 더해 가지…
기존의 개념은 사라진다…
고정관념은 고리타분해…

그녀는 물결이 흔들리는 대로 그들과 함께 흘러 다녔고, 나는 자꾸만 바다 속으로 가라앉았다. 그곳은 정말 이상한 바다였다. 광풍이 몰아치는 수면 아래의 거대한 서커스장이었고 나는 혼자서 탁자를 지키는 짐승일 뿐이었다. 그리고 어지러웠다.

아니, 나는 차라리 비행기를 타고 있었다.

어느 유원지에서 어지럽게 돌아가는 비행기를 딸애와 같이 타고 있었다. 비행기가 빨리 돌아갈수록 딸애는 신이 난 듯 소리를 질렀고 난 어지러워 눈을 감았다. 어지러움과 혼동 속에서 나는 한없이 맨홀로 곤두박질치고 있었다. 그것은 캄캄한 지옥의 세상이었다. 이윽고 비행기가 멈췄다. 딸애는 만세를 불렀지만 나는 땅에 꺼꾸러져 속에 있는 것을 모두 토해 냈다.

그때 내 머릿속을 맴돌고 있던 것은 탈출을 포기한 한 마리 비둘기의 눈빛이었다. 언젠가 나른한 오후 편집실로 느닷없이 날아든 비둘기 때문에 한바탕 소란이 벌어졌다. 창문을 다 열어젖히고 비둘기를 쫓아냈으나 여러 번 유리창을 들이박은 비둘기는 마침내 날기를 포기한 채 캐비닛 위에서 움직이지 않았다. 그때 나는 방향을 잃어버린 그 멍한 비둘기의 눈빛을 보았다. 어딘가 많이 본 듯한 매우 낯익은 눈빛이었다. 모모의 세계에서 나는 감각을 잃은 비둘기였다.

모모는 시간이었다. 무지개와 같은 시간이었다. 나는 그 무지개를 따라가는 시계바늘에 불과했으므로 그녀를 결코 잡을 수 없었다. 그녀를 쫓아가면 갈수록 멀미만 더할 뿐이었다. 하루하루는 시계의 짧은 바늘처럼 느리게 가지만 한 달은 초침보다 빠르게 지나간다. 곧 시간은 느리지만 세월은 빠르다. 돌이켜 보면 모모와 지낸 지난 한 해는 그 모순의 절정이었다. 결국 모모는 현상이었고, 봄날의 짧은 꿈에 불과했다.

3. 샤갈의 마을

샤갈의 마을 사람들은 모두 고개가 반달처럼 기울어져 있다. 그래선지 얼굴도 표정도 반달 같다. 샤갈의 마을 사람들은 모두가 철

부지다. 골목에는 어른과 아이들이 어울려 줄넘기도 하고 숨바꼭질도 한다. 치마를 입은 여자들의 머리에는 세상에서 가장 아름다운 꽃이 꽂혀 있다. 샤갈의 마을 여자들은 모두 꽃처럼 아름답다. 늙은이도 잘 익은 과일처럼 멋이 있다. 샤갈의 마을에 짐승들은 사람을 닮았다. 목걸이줄 없는 개들과 고삐 없는 염소들이 아이들과 동무삼아 뛰어다닌다.

가고시마에 아침이 찾아왔다. 아침 햇살은 한층 정갈하게 비춰오고 있었다. 나는 푹신한 다다미방에 누워 있었다. 일어나기 싫은 것은 해변이나 여관방이나 마찬가지였다. 어제의 낮달은 이미 보이지 않았다. 하지만 낮달 때문은 아니었다. 라일락 향기가 너무 진했기 때문일까 나는 아침잠에 잠깐 꾼 '샤갈의 마을'을 스크린 같은 천장에다 재생시키고 있었다. 꿈치고는 너무 선명했기에 녹화된 영화를 보는 것처럼 생생했다.

술에 취한 나는 술에 취한 녀석을 따라 그 이상한 카페 〈샤갈의 마을〉로 들어가고 있었다. 그런데 입구에서 녀석은 갑자기 옷을 훌훌 벗어서 옆에 있던 바구니 속으로 던졌다. 언제나 술만 마시면 옷을 잘 벗던 녀석인지라 나는 그냥 지켜보고만 있었다.
뭘 해, 너도 그 잡스러운 것들 벗어 버려!
임마, 여기가 목욕탕인줄 알아.
몸에 걸친 것 있으면 못 들어가.
나도 웬만큼 취기가 올라 있었고, 뭔가 요상한 곳에 대한 호기심이 발동해 녀석을 따라했다. 좁은 통로는 곧 끝이 났고 침침한 실내가 눈앞에 나타났다. 나이를 분간할 수 없는 한 여인이 녀석에게 인사를 건넸다. 물론 아무것도 걸치지 않은 알몸이었고, 그래서인지 신비할 정도로 아름다웠다. 주인이라 했다. 아름다운 것은 그 여인뿐이 아니었다. 여기 저기 더러는 같이, 더러는 혼자 앉아 있는 알몸의 남녀들이 모두 아름다웠다. 적당한 개념이 떠오르지 않아 그냥 아름다움이라지만 사실 삶의 일탈에서 오는 그 어떤 여유랄까, 평화랄까, 아니면 까마득하게 잊어버렸던 삶의 향수 같은 것이었다.

실내조명은 촛불과 벽난로의 장작불빛만으로도 충분했다. 누군가가 바이올린을 켰다. 무척 귀에 익은 음악이었지만 나는 굳이 그 곡명을 알려 하지 않았다. 거기서는 그냥 편하게 생각하고 편하게 행동하는 것이 어울렸다.

나는 부끄럽지 않았다. 아담과 이브도 부끄러움을 몰랐다. 그러나 나는 얼떨떨했다. 얼떨떨해하긴 녀석도 마찬가지였다. 바이올린 곡조가 경쾌하게 바뀌었다. 구석진 곳에 앉아 있던 몇몇이 춤을 추며 가운데로 나왔다. 녀석도 어느덧 같이 어울렸다. 나도 모르게 녀석을 따랐다. 나도 녀석도 완전히 어린애가 되었다. 춤은 우리가 완전히 지칠 때까지 계속됐다.

샤갈의 마을이었다. 녀석과 나는 꿈에서도 카페 〈샤갈의 마을〉을 찾았다.

꽃들이 피어 있었고, 두둥실 구름이 떠가는 곳에 낮달이 드리워 있었다. 몇 마리 새들이 풀밭을 날아올랐다. 목동의 피리소리가 들려왔다. 호숫가 마을이었던 같다. 물 속에 거꾸로 선 채 마을은 한 가했고 아름다웠다.

천진난만… 샤갈의 그림이었다. 염소고, 나귀고, 농부고, 노인이고, 악사고, 어린이고 할 것 없이 모두가 꿈처럼 구름처럼 오색, 칠색 무지개처럼 뒤엉켜 하나의 마을을 이루는 그림이 떠올랐다. 그곳은 샤갈의 마을이었다.

이국 먼 바닷가의 아담한 마을, 아담한 여관방에서 나는 한동안 그렇게 누워서 빈둥거리다가 일어났다. 바깥에서 상쾌한 일본 아가씨들의 소리가 들렸기 때문이었다. 이층 창 아래로 내려다봤다. 여행 온 아가씨들이 자전거를 빌려 타고 막 떠나고 있었다. 불현듯 나도 자전거를 타고 싶었다. 아래층으로 내려온 나에게 여관주인은 친절하게 자전거를 내밀었다. 무턱대고 자전거에 올라타기는 했지만 나는 내가 자전거를 탈 수 있다는 사실이 신기했다. 자전거는 나에게 잊혀진 지 오래 된 물건이었지만 나는 자전거 타는 법을 잊지 않고 있었다.

기분이 상쾌했다. 아니 옛날 열 살 땐가 맨 처음 자전거를 탈 때처럼 신이 났다. 나는 낯선 가고시마 해변 마을 여기저기를 쏘다녔다. 시내를 벗어났다. 벚꽃이 흩어지는 길은 끝없이 이어지고 있었다. 아무렇게나 페달을 밟았다. 다리가 아플 때까지, 아니 호흡이 가빠 마침내 멈출 때까지 페달을 밟았다. 모모처럼 달리고 싶었다.

가슴이 확 트이도록 상쾌했다. 이 낯선 이국의 땅, 사슴의 섬이라는 머나먼 가고시마 끝 남쪽 바다까지 와서 엿장수처럼 마음껏 누비고 다닐 수 있다는 것이 뿌듯했다.

　해안 벌판을 지났다. 나는 바람처럼 계속 달렸다. 산등성이 경사길이 다가왔다. 세 번째 마루에서 자전거를 세운 채 잠시 지나온 길을 돌아봤다. 멀리 바다로 이어지는 길 끝으로 어느 틈엔가 어제 본 낮달이 희멀겋게 떠 있었다.

　'南部詩人部落.'

　나는 길옆에 서 있는 안내판을 보았다. 시인들이 만든 이상촌일까. 아니면 단순한 회합장소일까. 이상한 예감이 들었다. 화살표 방향으로 자전거를 몰아갔다. 숲길이 이어졌다. 가도 가도 시인부락은커녕 단순한 마을도 보이지 않았다. 숲길은 마치 미로와 같았다. 그리고 너무 깊이 들어온 것 같았다.

　얼마나 헤맸을까.

　나는 완전히 지쳤다. 그때 저만큼 제법 그럴싸한 건물의 일부가 나무에 가리운 채 보였다. 이상한 예감에 끌려 따라 들어갔다. 포장길이 끝나자 입구가 다가왔다. 입구에서부터는 잘 가꾸어진 잔디 사이로 유난히 하얀 흙길이 이어져 있었다. 눈이 부셨다. 숲 속 그늘에서 갑자기 만난 강렬한 햇빛 탓이었을까. 모두가 벌거벗은 채 한가하게 담소를 나누고 있는 모습이 스쳐 갔다. 나는 자전거에서 내려 조심스레 자전거를 끌며 안으로 들어갔으나 왠지 눈을 제대로 뜰 수 없었다. 건물이 있는 쪽에선 노래 소리가 들려왔지만 사람은 좀체 보이지 않았다. 혹시 잘못 들어온 것이 아닐까. 약간의 긴장감이 돌았다. 몇 마리의 새가 미깡나무에서 날아올랐다. 그때 나는 처음으로 사람을 보았다. 아니 사람들을 보았다. 처음엔 햇살 때문에 환각 현상이라고 생각했다. 몇 번이고 눈을 비볐지만 그건 분명했다. 카페 〈샤갈의 마을〉에서 본 옷 하나 걸치지 않은 전라(全裸)의 사람들이었다. 삼삼오오 짝을 지어 여기저기 긴 의자에 앉아서 축제를 벌이고 있었다. 나는 언뜻 시인부락이라는 것과 연결이 되지 않았다. 그런데 더욱 이상한 것은 낯선 사람이 나타났는데도 그들은 그저 무표정한 시선을 보내고 있을 뿐이었다. 순수시를 하는 사람들일까. 맨몸으로 그 어떤 가식도 싫어하는 극단의 순수주의자들일까. 시인들이 옷을 벗은 채 행위예술을 펼치고 있는 것인지, 시적 영감을 얻기 위함인지, 정말 태고의 순수를 지향하는 것인지 알 수 없었다. 하지만 내가 그것을 확인할 수 있는 상황은 아니었다.

얼떨떨했다. 엉거주춤 나는 그 자리에 제법 서 있었던 것 같았다. 그리곤 자전거를 돌려 나왔다. 어떻게 그곳을 빠져나왔는지 알 수 없었다. 여전히 꿈속 같은 그 숲길을 헤맸으니까.

그리곤 길을 잃어버렸다. 더 이상 자전거도 탈 수 없었다. 되돌아가는 길을 도무지 알 수 없었다. 나는 그만 포기한 채 쓰러진 나무에 걸터앉았다. 집도 사람도 보이지 않는 숲은 적막했다. 벌써 어둠이 깃들고 있었다. 몇 마리의 새들이 나무 사이로 사라져 갔다. 그곳에는 그들의 보금자리가 있었다,

피곤이 겹쳐 왔다. 걸터앉은 나무 등걸에 팔베개를 하고 누웠다. 낯선 땅, 낯선 길, 낯선 숲 속이었지만 아무런 걱정이 들지 않는 것은 이상한 일이었다.

눈을 감았다. 아무도 없는 이 낯설고 적막한 숲 속에 언제까지

고 그냥 그렇게 있고 싶었다. 모모를 쫓아가던 지난 한 해가 낡은 필름처럼 돌아갔다. 내가 그녀를 따라갈 수 없었던 것처럼 녀석도 이 세상을 따라갈 수 없었다. 우리는 방향감각을 잃어버린 비둘기였다. 깜빡 잠이 들었던가.

맑은 눈의 가고시마 사슴이 뛰어가는 것을 봤다. 날은 벌써 어두웠고 숲은 적막했다. 나무들의 숨소리가 조금씩 커지고 있었다.

4. 사족蛇足

현상은 현실을 타개할 수는 있지만 결코 현실을 바꿀 수는 없다.

녀석은 현실에 절망을 느끼고 현상의 세계로 나아갔고,

나는 현상의 세계에서 멀미를 앓다가 현실의 세계로 나온 셈이 됐다.

뿔

그의 목소리에도 긴장감이 흐르고 있었다. 갑수가 돌통을 끌어당겼다. 여객선을 따라온 노을은 우리가 수도승처럼 마주하고 있는 바둑판 위에도 비춰 들었다. 부둣가 또 다른 곳에서는 밤일 떠나는 어부들의 출어 준비가 부산했다. 노을빛은 바둑판 위에만 비추는 것이 아니라 그의 얼굴에도 내 얼굴에도 아니, 방과 창 가득히 출렁거리고 있었다. 더 이상 미룰 수 없는 것, 한낮이 다하면 노을이 들고 이윽고 어둠이 밀려들 듯이 어차피 우리의 싸움도 더 이상은 지체할 수 없었다.

섬으로 둘러싸인 통영 앞바다는 바다가 아니라 차라리 호수였다. 심심한 배들은 호수의 작은 물살에도 필요 이상으로 흔들렸다. 심심한 것은 그 위에 거의 정지 상태로 떠 있는 갈매기도 마찬가지였다.

"통영에서는 마, 풍경(風景)도 정물(靜物)입다. 어느 곳에서 그림을 그리도 안백(완벽)한 구도가 나오지요."

후배 K가 통영의 시인답게 한마디 걸쳤다. 그는 아직 시인으로서 이렇다 할 이름을 얻고 있지는 못했지만 생활력은 뛰어나 우리가 앉아 있는 카페 〈시인마을〉의 주인이었다. 참으로 그럴싸한 K의 말이었지만 우리는 그의 말을 건성으로 듣고 있었다.

"아따, 분위기 디기 잡네. 술이나 좀 마시소. 우리싸 마 늘 보는 풍경 아인교."

K의 강권에 갑수와 나는 마지못해 잔을 받아들었지만 여전히 말이 없었고, 창 밖 풍경에 시선을 묶어 두고 있었다. K는 모처럼 고향을 찾은 선배들이 반가운지 말을 많이 했지만 그의 수다스러움까지 또 다른 통영의 정물처럼 느껴질 뿐이었다.

사실 정물에 가까운 것은 통영의 풍경이나 후배 K가 아니라 갑수와 나였다. 우리는 서울에서 이곳까지 오면서부터 이미 정물이 되어 있었다. 뜻하지 않는 어린 시절 여자 친구의 죽음으로 모처럼 고향 길 여행을 같이 한 우리였지만 서로가 별 말이 없었다.

"형들이 우짠 일인교? 이렇게 나라이….”

우리를 처음 만난 K는 다소 어리둥절해 있었다. 그도 그럴 것이 출향 뒤 고향을 잘 찾지 않던 우리가 사전 연락도 없이 통영에 불쑥 나타났으니 K로서는 어리둥절할 수밖에 없었을 것이다. 붙임성이 좋은 그였지만 우리의 표정이 워낙 무거웠음인지 자세한 내막은 굳이 묻지를 않았다. 우리는 그에게 편하게 쉴 여관을 주문했었다.

"마, 여간은 무신 여간인교. 우리 집으로 가입시더.”

그는 서슴없이 자신의 영업집으로 안내했고, 우리는 통영에서 가장 분위기 있다는 카페 〈시인마을〉을 보고는 잠시 어리둥절해질 수밖에 없었다.

"명숙이가 죽었대.”

며칠 앞서 갑수의 느닷없는 전화를 받았었다.

"그래? 흐흐흐.”

좋은 데 시집가서 잘 산다던 명숙이의 갑작스런 부고(訃告) 앞에서 나는 씁쓸한 웃음을 흘렸다. 어린 시절 그녀와 헤어진 뒤 그녀에 관한 소식은 어쩌다 고향 친구를 만나면 한 번씩 듣는 정도였는데 그럴 때마다 왠지 씁쓸한 느낌이 들곤 했었다. 명숙이 소식은 그때나 지금이나 나에게는 채워지지 않는 그 어떤 허기로 다가왔다. 갑수도 그랬을까. 우리가 간혹 만나면 스쳐가듯 명숙이 이야기를 했고 그때마다 그 씁쓸한 웃음이 뒤따랐었다.

명숙이는 좋은 곳에 잠들어 있었다. 그녀의 무덤은 하루 내내 따뜻한 햇살 받으면서 한국에서 가장 아름답다는 항구를 내려다보고 있었다. 우리는 고인과의 뒤늦은 영별을 만회라도 하려는 듯 무덤가에 앉아서 한동안 소주잔을 주고받았다. 서울서 한나절 길을 감안하면 하루 전에 출발해야 했었지만 굳이 발인 당일 아침을 선택한 것은 번잡은 사람들의 눈길을 피하려는 속셈도 한몫을 하고 있었다. 사실 어린 시절 여자 친구의 장례식에 참석하기 위해 천리 길을 찾아간다는 것이 상식으로 쉽게 이해되는 부분은 아니었디. 어쩌면 우리 스스로 그녀를 보내는 그 어띤 의식(儀式)이 필요했을지 모른다.

명숙이가 전학 가던 날 그때도 우리에게는 그 어떤 의식이 필요했었다. 우리는 학교 뒷마당에서 떨리는 손가락을 호호 불며 그 긴장된 땅뺏기 놀이를 했다. 영역 표시하는 수컷 맹수처럼 명숙이에게 서로의 흔적을 남기고자 했을까. 그날 사금파리로 서로의 영역에 줄을 그으며 땅을 앗아 가는 것이 너무도 섬뜩한 게임이었기에 그날 이후로 아무도 그 기억을 들춰내지는 않았나.

그녀의 무덤가에 앉아서도 소주 한 병을 나눠 마시고는 그냥 일어났다. 그렇다고 그녀의 무덤을 찾는 것 말고는 딱히 할 일이 있는 것도 아니었다. 언덕을 내려와 조금 이른 저녁을 먹고 반주 몇 잔을 주고받다가 후배 K에게 연락을 했다. 서울로 바로 올라가기에는 뭔가 아쉬움이 있었고, 어차피 차편도 다음날로 예약이 되어 있었다.

"형들, 술이 뭣하면 바둑이나 한 판 뚜시소."

술판의 분위기가 시원찮음을 알고 K가 옆에 있던 바둑판을 가리켰다. 바둑판을 보는 순간 나는 속으로 아, 하는 짧은 탄성을 질렀다. 우리가 바둑을 좋아한다는 것은 K도 알고 있었으리라. 우리 사이에 바둑판을 가져다 놓은 K는 이제 당신들 맘대로 합쇼 하는 표정으로 술 권하는 것도 지쳤는지 혼자서 자작을 했다.

그래, 우리가 통영에서 꼭 해야 할 의식이 있었다. 오히려 그것 때문에 우리는 달리 할 일이 없었는지 모른다. 그것은 그녀의 부음(訃音)을 들었을 때부터 이미 우리의 마음속에 있었다.

사실 우리가 바둑만 두고자 했다면 굳이 통영까지 올 필요는 없었다. 작년 이맘땐가 문인 바둑 대회에서 우리의 대국은 예정되어 있었다. 우리의 실력으로 볼 때 무난히 예선 리그를 통과해 결선 토너에서 맞붙게 되는 것은 불을 보듯 뻔한 사실이었다. 그런데 결과적으로 둘 다 예선 탈락을 하고 말았다. 일부러 그와의 대국을 회피한 것은 아니었지만 그와 맞붙게 되는 대진표를 보는 순간 꼭 이겨야겠다는 의지가 사라졌던 것은 분명했다. 바둑과 같은 승부의 세계에서 승부욕 상실이라는 것은 좋은 결과를 기대할 수가 없었다.

운명.

나는 운명에 대해 생각했다. 뭔가가 결정되어진다는 것, 그것을 운명이라 한다면 운명은 참 두려운 것이다. 그래서 우리는 피할 수 있으면 피해 왔을 것이다. 그것이 가장 솔직한 고백이다.

비슷한 시기, 같은 동네에서 태어나 같은 문학판에서 시인과 평론가라는 그야말로 지기지우요, 죽마고우이고 보면 당연히 흉허물 없는 가까운 사이이겠건만 우리는 서로에게 너무 조심스러웠다. 언제나 비교했고, 비교되었다. 그것은 마치 모순(矛盾)으로만 존재의 의의가 있는 창(矛)과 방패(盾)와 같았다. 우리는 지금껏 그 '뚫고 막아야 한다는' 긴장된 관계를 한 번도 벗어난 적이 없었다. 어떻게 보면 명숙이는 우리의 그러한 긴장을 지탱하는 관념 속의 연인이었는지 모른다. 아니 그녀는 우리 사이의 디엠제트였다. 서로의 긴장을 유지하면서도 완충 역할을 하는 디엠제트와 같았다. 우리는 고향에 대한 추억이나 문학 이야기로도 충분히 밤을 시샐 수가 있었다. 하지만 언제나 그 운명과도 같은 긴장감이 우리의 발목을 잡고 있었다. 우리 앞에 놓여 있는 바둑판은 그것을 말해 주고 있었다. 그러기에 시작이 망설여지는 것이었다. 그도 나도 담배연기만 시름없이 뿜어내고 있을 뿐이었다. 어쩌면 우리는 그 연기만큼이나 부질없는 싸움을 해 왔는지 모른다. 그러나 이제 우리의 디엠제트가 없어진 상황에서 그 부질없는 싸움도 끝을 내야 하는 시점이 온 것이다. 그래서 나는 간밤에 잠자리까지 설쳐야 했

다. 갑수도 마찬가지였는지 서울에서 통영까지 내려오는 동안 표
정이 그리 밝지 못했다.

　마침내 정물과도 같았던 창 밖 풍경에 변화가 일어나고 있었다.
부두가 다소 술렁대기 시작했다. 노을과 함께 항구로 들어오던 연
안여객선이 부두에 닿자 승객들이 엎질러진 돌통 속의 바둑알처
럼 쏟아져 나왔기 때문이었다.
　"한 판 두지 뭐…."
　말은 그렇게 했지만 그의 목소리에도 긴장감이 흐르고 있었다.
갑수가 돌통을 끌어당겼다. 여객선을 따라온 노을은 우리가 수도
승처럼 마주하고 있는 바둑판 위에도 비춰 들었다. 부둣가 또 다른
곳에서는 밤일 떠나는 어부들의 출어 준비가 부산했다. 노을빛은
바둑판 위에만 비추는 것이 아니라 그의 얼굴에도 내 얼굴에도 아
니, 방과 창 가득히 출렁거리고 있었다. 더 이상 미룰 수 없는 것,
한낮이 다하면 노을이 들고 이윽고 어둠이 밀려들 듯이 어차피 우
리의 싸움도 더 이상은 지체할 수 없었다.
　나는 묵묵히 돌 하나를 반상에 올려놓았다. 백을 쥐고 싶었다.
짝수일 경우 내가 백을 쥐겠다는 의사 표시였다. 갑수는 돌을 가득
쥔 손을 폈다. 그의 손에서 나온 돌들이 유년시절 운동회의 하얀
모자처럼 나란히 줄을 지었다. 그때 우리의 운동회는 만국기 아래
서 온종일 흥청거렸다.
　짝수였다. 일단 출발이 좋은 것 같았다. 우리는 묵묵히 돌을 바
꾸었다. 그는 나를 한 번 흘깃 쳐다보고는 내 쪽 좌측 소목에 딱 소

리도 크게 착점했다. 나도 노타임으로 대각선 소목에 백돌을 내려
놓았다. 그는 좌우와 중앙까지 화점으로 하는 넓은 중국식 포석으
로 나왔고, 나는 ‘귀집과 기생집 아랫방은 엉덩이를 먼저 까는 놈
이 임자다’ 는 식으로 양쪽 소목에 날일자 굳힘을 했다. 그리고 몇
수가 진행되었지만 왠지 담배 내기 바둑처럼 마음이 푸근해지는
것은 이해할 수 없었다. 우리는 이런 대결을 원했는지 모른다. 언
젠가 이런 순간은 오리라 예상했다. 그것이 바둑이든 뭐든 한 번은
꼭 건너야 할 다리라면 이런 방법이 최선일 것 같은 생각이 들었
다.

　　까만 염소와 하얀 염소,
　　나는 오늘 아침 가위눌림 같은 그 꿈을 생각했다.
　　통나무로 된 외나무 다리였다. 깎아지른 절벽 아래로 죽음과도
같은 물이 흐르고 있었다. 그 다리 저쪽 끝에서 까만 염소 한 마리
가 다가오고 있었다. 염소가 다가오자 처음에는 보이지 않던 뿔이
조금씩 기지기 시작했다. 이윽고 나도 두 손을 다리에 꼭 부여잡고
는 염소를 향해 머리를 내밀었다. 내 머리끝에도 어느덧 뿔이 돋아
있었다. 땀을 뻘뻘 흘리는 내 몸통은 온통 하얀 털로 덮여 있었다.
하얀 염소였다. 하얀 염소가 조금씩 밀리기 시작했다. 음매애, 음
매애. 소리를 질렀다. 소리는 하얗게 벼랑 아래로 자지러졌다.
　　갑갑했다. 누군가가 나를 흔들었다. 아내였다. 염소 두 마리가
아찔하게 멀어지면서 한 장의 사진처럼 휘말렸다.
　　“누구예요?”

아내는 내가 머리맡에 두고 잔 사진을 손가락 사이에 끼고서 부채처럼 흔들고 있었다. 정갈한 초가을 아침 햇살이 창 쪽에서 부서지고 있었다. 부서지는 햇살 사이로 고향의 하늘이 스쳐 갔다. 하늘은 높았고, 높은 하늘엔 어느 틈인가 지나가 버린 제트기구름이 가로질러 있었다. 아내의 손가락 사이에 끼여서 부채처럼 흔들리는 빛바랜 사진 속에는 높은 하늘에 비하면 정말 손바닥만 한 학교 뒷마당에서 땅뺏기를 하는 우리가 있었다. 산 너머 통영 포구에서 울려오는 통통배 소리 따위에는 아무도 귀를 기울이지 않았다. 다만 손가락 끝에서 튕겨 나가는 병뚜껑 말만이 긴장되게 서로의 땅을 가르고 있을 뿐이었다.

"꿈을 꿨어요?"

아내는 담배를 가져와 불을 붙여 주면서 싱긋 웃어 보였다.

"호호호."

나는 별안간 실성한 사람처럼 웃었다.

"깜찍해요. 무척 좋아했나 봐요?"

아내는 내 씁쓸한 웃음에 대해 조심스레 물어왔다. 그러나 아내는 모른다. 아무리 십 년 넘는 세월을 한 몸으로 살아온 그녀일지라도 우리 사이에 깔린 미묘한 문제를 이해하지 못할 것이다.

나는 담배를 문 채 일어나 창을 열었다. 비가 온 뒤라서 그런지 하늘은 무척 맑았다. 간밤에는 우리의 그런 사이를 비웃기라도 하듯 그렇게 많은 비가 내렸다. 나는 행여 제트기구름을 찾았으나 있을 리 만무했다. 그래도 도시 하늘에서는 좀처럼 보기 힘든 맑은 하늘이었다. 파란 하늘과 솔숲 사이를 날아오르는 갈매기의 하늘도 빛바랜 사진 속으로 머물러 버린 지 오래됐다. 아닌 게 아니라 우리는 그 사진 속으로 돌아와 근 서른 해나 연기되었던 땅뺏기를 다시 하게 되었다. 오 학년 땐가 봄 소풍에서 명숙이와 우리 셋이서 나란히 찍은 그 사진은 명숙이의 얼굴을 유일하게 간직하고 있는 것이었다. 나는 사진 속에서 비집고 나오는 뿔을 떠올리고 있었다.

우리의 첫 번째 뿔싸움은 초등학교 입학한 지 서너 달이나 됐을까 싶은 뻐꾸기가 몹시 울던 어느 날이었다.

부모 품에서 벗어나 처음으로 또래들을 만나는 그 무렵은 어디든 서열 경쟁이 치열했다. 물론 직접 힘겨누기나 싸움을 하는 경우도 있었지만 대부분 비교 우위로서 서열이 정해졌다. 위로 형들이 많았고, 장터 골목대장 출신인 나는 싸움 한 번 하지 않고 우리 반의 일인자가 되었다. 장터 약국집 외아들이었던 갑수도 어느 틈인지 옆 반에 일인자가 되어 있었다. 하지만 달랑 두 반밖에 없는 작은 시골 학교에서 일인자가 둘일 수는 없었다. 언제부터인지 본인들의 뜻과는 상관없이 모일 모시 학교 뒤 풀밭에서 이른바 '힌핀' 붙는다는 소문이 돌기 시작했다. 누가 어떻게 낸 소문인지 모르지만 시간이 흐를수록 그것은 거역할 수 없는 약속이 되고 만 것이었다. 그날이 다가올수록 내 조바심은 커져 갔지만 그렇다고 비겁자가 되기는 죽기보다 싫었다. 아이들 입장에선 일인자를 가리고 싶어하는 마음도 있었겠지만 싸움하는 모습을 본 적이 없는 갑수나 나의 진정한 싸움 실력을 보고 싶었는지도 모른다. 아니 그보다 힘깨나 있는 아이들에겐 '맞장' 한 번 붙지 않고 서열에서 밀린 것에 대한 보상심리도 있었을 것이다.

어린아이들의 싸움이란 것이 울거나 코피 나면 끝이었지만 결코 항복할 수 없었던 우리에게는 정말 피 터지게 싸워야 하는 살벌한 싸움이 기다리고 있었던 것이다. 주사 한 방에도 벌벌 떨던 우리에게 그와 같은 일을 감당하라는 것은 너무 가혹한 형벌이었다. 결국 예방 주사를 맞기 위해 길게 선 줄이 줄어들 듯 점점 그날은 다가왔고, 피하고만 싶던 그날은 기어코 오고야 말았다. 우리는 상대에 대한 아무런 적대감 없이도 현장에 나가지 않을 수 없었다. 나는 혹시나 하는 불안감 때문에 반 아이들을 여러 명 데리고 나갔다. 물론 갑수도 여러 명과 함께 나왔다. 우리는 목숨을 걸고 맞선 서부의 총잡이처럼 풀밭 가운데 맞섰지만 누구도 먼저 주먹을 내밀지는 못했다. 너무 무거운 분위기 탓인지 양쪽 편에 응원 온 아이들마저 응원은커녕 숨을 죽이며 지켜보고 있었다.

하늘은 잿빛 구름으로 숨 막힐 듯 짓눌려 왔고, 처량한 뒷산의 뻐꾸기 소리마저 한층 긴장감을 북돋우고 있었다. 여덟 살 어린 우리들이 감당하기에는 너무 긴장된 시간이었다. 그런데 정작 그 살벌한 분위기를 이기지 못한 것은 맞장의 당사자인 우리가 아니라 응원군 쪽이었다. 쌌어!, 하는 소리와 함께 울음이 터져 나왔다. 누군가가 그 긴장감을 이기지 못하고 오줌까지 싸는 바람에 맞장은 흐지부지되고 말았다. 우리의 대결은 그렇게 끝나고 말았지만 그 죽음과도 같았던 살벌한 분위기는 아이들 사이에서 소문으로 퍼져 갔다. 그래서인지 아이들은 더 이상 둘의 서열 가리기를 요구하지 않았다. 우리는 이기려 싸움에 나간 것이 아니라 져서는 안 되는 싸움을 한 것이었기에 서로가 양분된 구역의 일인자로서 체면은 유지했다고 할 수 있었다. 차라리 그때 어떤 식으로든 승부가 났더라면 우리의 관계는 훨씬 편했을 지도 모른다.

그로부터 우리는 모든 것을 비교했고, 비교를 당했다. 그가 부르는 노래를 내가 부르지 못하면 안 되었고, 내가 아는 한자를 그가 모르면 아니 되었다. 사실 우리는 그와 같은 시골 마을에서는 좀처럼 보기 힘든 신동이었다. 부모들의 부탁이었는지 학교 측의 배려였는지 두 신동은 육 학년 졸업 때까지 한 번도 같은 반이 되지 않았다. 우리의 만남이란 것은 정말 통나무 다리 위에서 뿔을 맞대고 있는 염소와 같았다. 필경 어느 한 쪽을 다리 아래로 떨어뜨려야 하는 운명이었다. 그러기 때문에 우리의 경쟁은 공부는 물론이고 하찮은 구슬치기까지 철저히 회피되었다. 그렇다고 서로를 미워하지도 싫어하지도 않았으며 그 흔한 싸움 한 번 한 적이 없었다. 다만 서로가 자신보다 우월해서는 안 된다는 것, 최소한 다리 위에서 떨어질 수는 없다는 것, 그것뿐이었다.

그것은 둘 사이에 보이지 않게 그어져 있는 일종의 소도(蘇塗)였다. 하지만 그러한 소도에도 문제는 있었다. 바로 명숙이었다. 일 학년에서 사 학년까진 그와 같은 반에서 반장 부반장으로 짝을 이루었고, 오륙 학년은 나와 짝이었다. 그런데 명숙이는 우리 둘 사이에 막연하게 그어져 있던 그 소도 지역 이쪽저쪽을 넘나들면서 우리의 금기(禁忌)를 흔들어 댔다. 우체국장 딸이었던 명숙이는 언제나 깔끔했고, 우리에게는 공주와 같은 존재였다. 아니 서로의 뿔을 지탱하던 통나무 다리였는지 모른다. 그 다리가 끊임없이

흔들렸으므로 우리는 그저 안일하게 서로의 영역 지키기만으로
안주할 수가 없었다.

실내는 담배연기로 자욱했다. 나는 연기를 길게 한 번 내뿜었
다. 창 밖으로는 벌써 노을빛이 사라지고 어둠이 깃들고 있었다.
어느 사이 켜진 포구의 불빛들이 하나둘 호수와 같은 바다로 내려
와 반짝이고 있었다.

서랍을 열면 호수와 같은 바다가 펼쳐지고
밤이면 포구의 모든 불빛들이 호수로 내려와 잠이 든다.

꽤 오래 전 K로부터 받은 엽서가 떠올랐다. 그 엽서에는 온통
통영의 짠 바다냄새가 물씬 풍겼다. 짠 냄새라기보다는 향수였다.
나는 아무 준비도 없이 별안간 통영으로 내려갔었다. 그때 방위병
복을 입고 있던 K와 밤을 새워 시를 이야기했었다. 그러나 이마가
벗겨져 나이보다 훨씬 늙어 보이는 K는 벌써 중년이었다. 바둑을
잘 모르는 K는 저만큼 벽에 등을 기대고서 꾸벅꾸벅 졸고 있었다.
그것도 그가 말하는 통영의 정물(靜物)임에 틀림없다. 별안간 아
직 변변한 시집 하나 내지 못한 그가 측은해 보였다.
그러나 지금은 싸움 중, 통영에 대한 감상에 젖을 때가 아니었
다. 물론 무슨 큰 내기가 걸린 것도 아니요 정말 친구끼리 모처럼
만나 두는 보통의 바둑으로 치부해 버릴 수도 있지만 지금껏 우리
사이를 감안한다면 평생의 자존심을 건 승부임에 분명했고, 그보

다 결코 지워지지 않을 마음의 상처가 두려운 것이다. 아니 우리가
명숙이의 죽음을 구실로 통영까지 내려온 것도, 무덤에 들렀다가
특별히 할 일이 없었다는 것도 모두 이 승부를 위한 위장의 몸놀림
이라 할 수 있었다. 그러기에 우리는 이 승부에서 결코 질 수가 없
었다.

　나는 깊숙이 빨아들인 담배연기를 반면 쪽으로 쏟아 부으면서
마치 포화에 일그러진 전장 속에서 피신처를 찾는 병사처럼 수를
찾았다. 수순(手順)이 조용히 이어졌다. 막대기 모양으로 한 수 더
뻗어서 눌러 버리느냐, 같이 끊고 싸우느냐. 이쪽이냐, 저쪽이냐
정말 끝없는 선택의 갈림길과 같은 것이 바둑이었다. 그의 올라오
는 순을 막으면서 내 집을 두텁게 하자는 쪽으로 수순은 기울지만
그렇게 할 경우 그의 형세가 너무 탄력이 생긴다. 그러나 일단은
같이 끊고, 그의 순을 막았다.

　가을이라지만 아직은 항복을 하지 않은 여름의 잔병들이 더운
입김을 불고 있어서 방 안은 답답했다. 나는 넥타이를 느슨하게 풀
고서 가슴팍에 바람을 불어넣었다. 변 쪽에 내 행마(行馬)들은 모
양이 얇아 앞으로 얼마나 가혹한 그의 공격을 받을지 미지수다. 그
러나 나는 일단 얇은 상황에는 눈을 감고 귀 쪽 실리의 영역을 넓
혀 갔다. 그는 거의 줄담배였다. 하지만 담배를 그리 많이 피우지
않는 나는 수읽기의 공백을 바둑알을 주무르기도 하고 성냥개비
를 잘게 부수기도 했다.

　포석 단계가 거의 매듭지어지기까지 우리는 아직 별 무리가 없

었다. 나는 실리 면에서 앞서고 있었지만 귀에서 활기를 찾으면 가운데가 얇다는 말처럼 세력 면에서는 그가 다소 앞서고 있었다. 그것은 그가 철저하게 중국식 포석으로 임한 탓이었다. 하지만 곳곳에 놓인 흑과 백의 양상은 여전히 폭풍전야의 부둣가와 같은 긴장이 사라지지 않고 있었다.

시간이 지날수록 포구의 불빛들이 자꾸만 호수와 같은 바다로 모여들었다. 얼마나 시간이 흘렀을까. 우리는 어떻게 보면 평범하기 그지없는 바둑을 두고 있지만 그 수 하나 하나의 순간은 줄 위에서 공중 곡예 하는 위험을 넘기고 있는 것이다. 아니 사람이 되기 위한 인어공주의 아픈 걸음마와 같은 것인지 모른다. 그것은 하나의 길고도 답답한 행렬이었다. 꿈이 깊으면 깊을수록 거기서 깨어났을 때 주위가 더욱 낯선 것처럼 이따금씩 반상에서 눈을 옮기면 까만 돌을 쥔 갑수의 모습은 영락없는 통나무 다리 저쪽 끝에 뿔을 곤추세운 까만 염소였다.

나는 흑말이 지나치게 탄력 있게 포진하고 있는 중앙 변에 우형을 강요하는 급소를 찾아 찔렀다. 그는 한동안 착수를 하지 못했다. 손바닥으로 뒷덜미를 두드리고 몸까지 뒤틀면서도 눈길만은 반상에 고정되어 있었다. 결국 그는 고심 끝에 맞붙여 왔다. 내가 예상 못 한 과감한 수였다. 일종의 묘수였다.

"젠장, 헛수였어…."

나는 담배연기 사이에서 눈을 비비며 확인했다. 거꾸로 내가 궁지에 몰린 것이다. 머리가 뻐근했다.

"수가 없어…."

나는 손가락 열 마디를 손으로 꺾으면서 독백을 하고 있었다. 갑수는 무엇을 생각하고 있는지 그 침묵에 감탄하지 않을 수 없었다. 바둑은 어차피 살기 쉬운 곳부터 살아가기 마련이다. 나는 한 수를 더 뻗은 뒤에 좌측 귀와의 두터운 인사를 시도했다. 그는 또 시간을 지체했다. 구상에는 꿈이 있고, 운석(運石)에는 더딤이 없는 법, 그런데 그는 어찌하여 그 운석에 저토록 긴 시간을 끌고 있을까. 사실 모양이라는 것은 너무 넓으면 상대의 공격을 받기가 쉽고, 좁으면 집이 부족한 것이 아닌가. 그 적절한 조화가 어렵다. 나로서는 그가 중국식 포석으로 나올수록 서로의 집을 황폐화시키는 작전이 필요했다. 서투른 총질도 여러 번 하면 맞는 법이 아닌가. 물론 우형을 강요하는 내 시도가 그의 강수에 부딪힌 이상 그의 세력권 내에 특공대를 투입시켜 파상적인 공격을 펴 나갈 수밖에 없었다.

그의 중앙 대가는 한 쪽만 헐리면 봇물 터지듯 헐리게 되어 있었다. 그러나 아무리 큰 집은 허물기가 쉽다지만 그에겐 좀처럼 헛점이 보이지 않았다. 아침에 갈아입고 나온 와이셔츠가 땀으로 흥건했다. 그도 나의 파상적 공격이 다소 난감한 듯 두 팔을 높이 들고 기지개를 켜기도 하고 짧은 머리에 선명하게 드러난 두 귀를 번갈아 만지기도 했다. 남의 집에서의 싸움은 크면 클수록 유리하니까 나는 가급적 싸움을 크게 벌여 나갔다. 그러나 그는 오히려 독 안에 든 쥐를 몰듯 내 말을 협공해 왔다. 게다가 단순히 모는 것에 급급하는 것이 아니라 은근히 내가 구축해 놓은 귀집까지 위협을 해 왔다. 나는 그때마다 자꾸만 무릎을 고쳐 앉으며 배를 어루만졌다. 신경을 많이 쓰면 언제나 배 속이 거북했다.

　반상이란 겨울바다처럼 늘 변화가 무상한 법, 마침내 상황이 바뀔 조짐이 보이기 시작했다. 특공대에 의한 나의 파상적 공격이 활기를 얻으면서 오히려 쥐를 몰던 그가 곤경에 빠지고 말았다. 하지만 아무리 곤경에 빠져도 끈덕지게 권토중래(捲土重來)하고 마는 그의 박력 또한 만만찮았다.

　그 사이 K는 자러 갔는지 그 집 종업원이 냉커피를 가져왔다. 내가 후르륵후르륵 커피잔을 불며 더운 마음을 식힐 때 약간의 소요가 일어났다. 갑수가 커피잔을 돌통으로 착각을 했음인지 그만 엎질러 버렸다. 그러나 그 소요는 넓은 호수에 던져진 조약돌의 파장처럼 이내 긴장된 국면 속으로 가라앉았다. 그는 여전히 반면만 뚫어지게 보고 있었다. 그의 몸 전체는 마치 썩은 고목과도 같았다. 다만 손 끝 하나만이 독립된 생물체처럼 꿈틀거리고 있을 뿐이었다. 그도 나 이상으로 결코 질 수 없다는 의지가 분명했다.

　밤일 가는 고깃배들이 떠난 부두는 조용했다. 벽에 걸린 시계는 벌써 큰바늘 작은바늘이 겹쳐 있었다. 시간이 얼마나 흘렀는가가 문제가 아니었다. 누가 이기는가 아니, 누가 실수를 하지 않는가가 문제였다. 아마 5단이라는 우리의 기력은 서로가 잘 알고 있었다. 물론 아마의 세계에서는 좀처럼 적수가 없는 고수이지만 우리가 지금껏 살아온 것이 그렇듯 바둑 또한 팽팽한 줄이었다. 그래서 이 부질없는 싸움의 종지부를 바둑으로 택했는지 모른다.

　끝내 패가 걸리고 말았다. 전혀 예기치 못한 것은 아니었지만 이렇게 빨리 빠져들 줄은 몰랐다. 팽팽한 줄 위에서 나란한 순항을 거듭하던 백돌과 흑돌은 중반을 갓 넘어서면서부터 그의 갑작스런 패로 말미암아 파도처럼 술렁거렸고 이쪽저쪽 심하게 휘청거리기 시작했다. 나는 다시 담배를 피워 물었다. 언제나 미끈한 여자의 다리처럼 구미를 당기는 담배는 바둑에 더없이 좋은 것이다. 연기를 뇌하수체까지 빨아들이면서 수읽기의 중심을 찾으려 했다. 어쩌면 그와 나는 처음부터 은밀히 패를 부칙이고 있었는지 모른다. 어차피 우리의 싸움이란 한 치의 양보가 있을 수 없었다. 그는 좌측 변의 행마(行馬)를 미지수로 남겨 두고 아생연후살타(我生然後殺他)라는 평범한 정석을 깨뜨리며 느닷없이 작전을 바꾸어 왔다. 그러니까 그는 패로써 중앙 깊숙이 진출한 내 특공대의 보급로를 차단함과 동시에 미지수로 남은 자신의 좌변 말도 살려 보려는 일종의 양동 작전이었다. 패를 걸지 않고 수순이 이어진다면 피차가 살게 되고 그럴 경우 실리 면에서 뒤지고 있는 그의 입장에선 승산이 없다. 그야말로 그는 올코트푸레싱 작전으로 승부수를 던질 수밖에 없었다. 나로서도 패에서 물러나면 특공대들이 자연 아사함으로 두 손을 들어야 한다. 바람들이 조심스레 창을 두드리며 지나갔지만 서른 해 만에 술렁이는 방 안의 긴장을 조금도 잠재울 수가 없었다.

명숙이가 삼천포시로 이사 가던 바로 전날 우리는 마침내 그 어처구니없는 개임을 하고 말았다. 아니 우리의 금기를 우리 스스로가 무너뜨리고 말았다. 그 개임의 승패에 대해선 아무런 약속도 없었다. 그저 명숙이가 떠난다는 급박스런 상황 앞에서 우리가 할 수 있었던 것은 그것뿐이었다. 우리의 소도 구역을 자유로이 넘나들던 명숙이 때문에 우리는 은밀하게 키워 오던 우리의 아픈 뿔을 처음으로 내밀어야 했다.

온통 노랗게 물이 든 학교 뒷마당 은행나무 잎은 바람이 불지 않아도 눈송이처럼 떨어지고 있었다. 우리는 그 나무 아래서 손가락을 비벼가며 병뚜껑을 퉁기고 있었다. 내 말이 그의 진영을 가로지르고 이어서 날카로운 사금파리로 줄을 긋고 나면 그의 사금파리가 내 쪽을 휙 가르며 줄을 그었다. 그럴 때마다 가슴 한가운데를 칼질하는 것만큼이나 아팠다. 그것은 단순한 땅뺏기 놀이가 아니라 사금파리로 서로의 가슴을 도려내 가는 무서운 도박과 같은 것이었다. 떨고 있는 우리의 손가락 파장만큼이나 병뚜껑의 뒤를 따라 그어지는 줄의 길이만큼이나 아니, 손뼘으로 앗아 가는 땅의 너비만큼이나 우리는 서로의 가슴을 떼어 주는 아픔을 느끼고 있었다.

머리가 어지러웠다. 그러나 이제 우리는 통나무 다리 한가운데서 온통 뿔 쪽으로 힘을 쏟아야 했다. 검은 염소와 흰 염소, 그 하나의 떨어짐이 두려워서 우리는 여태 그 상황을 철저하게 회피해 오지 않았던가. 건너야 할 다리라면 차라리 기다려 왔다는 말이 맞는지도 모른다.

패를 쓴 그의 까만 돌을 따냈다. 끈적한 녀석의 땀이 손끝으로 감지되어 왔다. 첫 몽정의 정액 냄새처럼 떨떠름했다. 떨떠름하기는 했지만 그 밤꽃 냄새 같은 쿰쿰한 냄새는 내가 처음으로 느낀 남자, 아니 인간의 냄새였다.

백을 쥔 나의 손가락에도 땀방울이 맺혀서 돌은 조금씩 미끄러져 갔다. 흑백의 팽팽한 버팀 속에 나는 뿔을 쑤셔 넣었다. 돌 하나의 공간, 그 공간만큼의 완충지대는 내 쪽이 먼저 확보하게 됐다. 그는 이제 한 수만 밀리면 아득한 벼랑 아래로 떨어지고 마는 것이다. 그는 패감으로 내 특공대의 안형을 위협했다. 이번에는 그의 뿔이 바짝 밀고 들어왔다. 완충의 공간은 그에게로 넘어갔다. 그의 진한 담배연기가 내 눈에까지 몰려왔다.

쿵쿵. 가슴으로 들려오는 벽시계 소리는 오히려 방 안의 적막이었다. 그 적막이 숨막혀 왔다. 어쩜 우리는 이렇게도 터질 것 같은 정적을 만들고 있을까. 능변자(能辯者) 필승(必勝)이라는데 우리는 필승을 다짐하면서도 그렇듯 침묵을 지키고 있을까. 아무리 서른 해 만에 갖는 게임이라지만 너무 말이 없었다. 언제나 우리 사이에는 침묵의 강만이 흐르고 있는 것일까. 무엇이 없을까. 벽에 기댄 채 졸고 있던 K도 없다. 이 숨 마히는 정적을 깨뜨려 버릴 그 무엇이 없을까. 그것은 명숙이었다. 하지만 이제 명숙이는 없다.

가끔 우리는 서로의 꿈을 확인하기 위하여 산을 올랐다. 한나절 통영 포구의 통통배 소리와 갈매기 울음은 우리의 고향을 한층 적막하게 했다. 산을 오르면 낡은 사진첩을 펼치듯 우리의 눈앞에 나타났던 아름다운 포구 통영, 그 앞바다의 호수와 같은 잔잔한 물결은 그대로 그림이었다. 포구를 떠나는 연안 여객선이 잔잔한 물결을 가르며 섬 사이를 빠져나갈 때면 우리의 꿈도 따라갔다. 우리는 손을 흔들었다. 소리를 질렀다. 어깨동무를 하고 노래도 불렀다. 멀어질 듯 멀어질 듯 멀어지지 않는 여객선이 완전히 사라지면 우리의 꿈도 힘없이 돌아왔다. 그리고 우리의 꿈을 포구에 정박시켜 둔 채 산을 내려와야 했다. 그때 우리의 꿈은 무엇이었을까. 그때 그 찡하게 가슴을 저려 왔던 것은 지금처럼 어느 한 쪽을 아득한 절벽 아래로 떨어뜨려야 하는 것은 아니었다. 하지만 지금은 아찔한 다리 위에서 서로의 뿔을 치켜세운 채 팽팽한 버팀을 계속하고 있는 것이다.

그는 여전히 이음의 패를 썼다. 내 뿔이 그만큼 밀고 들어갔다. 버티고 있는 두 다리가 바둥거렸다. 그의 말이 다시 젖혀왔다. 고개를 젖힌 그의 까만 염소가 별안간 우스웠다. 그의 뿔이 밀고 들어왔다. 내 속 깊은 곳에서 은밀하게 지녀 온 그에 대한 서른 해 정이 자꾸만 부딪혀 오는 뿔로 말미암아 날궂이 하듯 저려 왔다. 하지만 담배연기만이 한 치의 양보가 없는 서로의 공간을 명숙이와 같이 흔들고 있었다.

어어… 갑자기 무거운 침묵의 행렬이 파편처럼 튀어올랐다. 그는 그만 헛점을 놓고 말았다. 그것은 작은 실수에 지나지 않았지만 나는 놓치지 않고 결정타를 먹였다. 최후의 패착이 곧 승패와 연결되는 것이다. 그의 입에서 튀어나온 신음 같은 소리가 내 귓속 깊숙이 파고들었다. 그때 땅뺏기에서 내가 흘린 소리는 바로 그것이었다.

우리의 땅 가르기가 거의 비슷하게 끝났지만 지형은 추녀 끝에 고드름처럼 들쭉날쭉이었다. 이제는 서로의 지형을 이용한 말 쓰러뜨리기였다. 말을 쓰러뜨리면 손 한 뼘씩 땅을 가져가는 것이었다. 손이 작은 나는 갑수보다 불리했다. 하지만 나는 정확한 조준으로 만회할 각오였다. 아니나 다를까 기회는 내 쪽이 먼저 왔었다. 내 땅 깊숙이 솟아 있는 그의 요새를 쉽게 뺏을 수 있었다. 그의 말을 넘어뜨리는 것은 동지 팥죽 속에 새알 먹기보다 쉬운 것이었다. 하지만 그때 내 손가락은 너무 떨고 있었다. 나는 손가락을 몇 번이고 비빈 다음에 퉁겼지만 그만 말은 엉뚱한 곳으로 튕겨 나가고 말았다. 그때 내가 뱉었던 신음 같은 소리를 그가 들었을까. 나는 그 한 번의 실수로 걷잡을 수 없이 밀리기 시작했다. 노란 은행잎은 하염없이 떨어져 내렸고, 은행잎이 떨어져 쌓일수록 내 땅은 좁아져만 갔다. 나는 가위눌림에서 벗어나려고 안간힘을 다했다. 언제부턴가 옆에는 명숙이가 지켜보고 있었다.

벽시계의 소리가 커져 갔다. 초가을의 밤은 이미 바닥까지 드리웠다. 갑수의 시름 섞인 담배연기가 반면 위로 흐트러졌다. 시간이 흐를수록 녀석은 그 한 번의 실수로 바다로 바다로 내려앉는 포구의 불빛처럼 침몰할 것이다. 나는 이제 여유를 가져야 한다. 반면 전체를 훑어봤다. 까만 돌과 하얀 돌이 유년 시절 운동회의 물결처럼 뒤섞여 있었지만 대세는 이미 내 쪽으로 기울어져 있었다.

우리 사이를 지탱해 오던 통나무 다리가 바둥대기 시작했다. 그의 담배연기도 분절되기 시작했다. 그가 다시 뿔을 밀고 들어왔지만 패거리가 거의 소진된 그에게는 이제 더 이상의 패싸움에도 한계에 다다랐다. 나는 결코 내 뿔을 느슨하게 늦추지 않을 것이다. 서로가 이렇게 팽팽하게 버티고 있는 뿔은 우리의 오랜 옛 정으로도 어쩔 수 없었다. 갑수의 얼굴은 이미 일그러져 있음이 분명했지만 나는 그의 얼굴을 보지 않을 것이다. 어딘가에 숨어 있을지 모르는 우리의 정을 조금이라도 용납해서는 안 될 것 같았기 때문이었다. 그의 담배연기는 너무 초조하게 연방연방 뿜어져 나왔다. 그의 뿔이 무당 손의 대나무처럼 흔들렸다. 제아무리 대마불사(大馬不死)라지만 이제는 헤어나기가 어려웠다. 여객선을 따라갔던 우리의 꿈 가운데 그의 꿈만이 쓸쓸하게 포구로 돌아와야 한다.

우리의 관계를 굳이 바둑과 같은 경쟁으로 본다면 그것은 반전(反轉)의 연속이라 해도 지나친 말이 아닐 것이다. 대학 시절 삼천포에서 한 은행에 다니고 있던 명숙이가 무슨 이유에선지 우리를 만나러 온다는 것이었다. 당시 나는 갑수에 대해 전에 없었던 열등감을 가지고 있었다. 특히 사회 현실에 대해 정면으로 대항하는 그를 볼 때마다 고학으로 학교에 근근이 다니던 나로서는 위축이 될 수밖에 없었다. 조금 늦게 약속 장소에 나갔었는데 명숙이는 없었고 최루탄 가스를 뒤집어쓴 갑수만이 기다리고 있었다. 그때 나는 그를 바로 볼 수 없었다. 그것은 그의 몸에서 풍기는 최루탄 가스 때문만이 아니었다. 명숙이가 나올 수 없다는 소식을 그로부터 전해 듣는다는 사실을 인정하고 싶지가 않았다. 그 무렵부터 명숙이에 관한 소식은 언제나 그가 먼저 알았다. 게다가 그 사이 나보다 훨씬 커 버린 그의 키와 현실에 대해 당당하게 맞서 있던 그 태도가 나를 더욱 초라하게 만들었던 것이었다. 나는 그때 무척 자존심 상하는 일이었지만 처음으로 그와 명숙이는 어울린다고 생각했다. 그래서인지 졸업 뒤 교사가 된 나는 전교조 운동을 열심히 했고 해직까지 당했었다. 그때 이미 대학 교수가 된 그는 나를 매우 안타깝게 여기고 있었다.

"모든 운동이 다 그렇지만 특히 교육 운동은 옳고 그름의 문제가 아니라, 어느 것이 좋으냐의 선택의 문제가 아닌가…"

조심스럽게 입을 연 갑수가 다음의 말을 하지는 않았지만, 그런 선택의 문제에 목을 내민 것은 어리석은 짓이 아니냐는 것이었다. 그때도 나는 그를 마주 볼 수 없었다. 부끄러워 견딜 수 없었다. 최소한 한 수 위에서 나를 내려다보는 듯한 훈계조의 어투에는 과거 자신의 운동에 대한 반성의 의미도 포함되어 있었기 때문에 나는 반론을 펼 수가 없었고, 해직의 당당함마저도 아니 내 자존심이 갑수 앞에서 또 한 번 여지없이 무너지고 말았던 것이었다. 그 뒤 내가 시인으로 제법 이름을 얻고 있을 때 시인이 되고자 했던 그가 뒤늦게 평론으로 등단한 것을 보면 그에게도 내가 가졌던 열등감이 컸으리라 짐작할 수 있었다.

따지고 보면 그는 언제나 직선적 삶이었고, 나는 곡선이었다. 내가 동반의 반장이면 그는 서반의 반장이었으니까. 땅뺏기 놀이도 가만히 생각해 보면 매사 맺고 끊음이 분명했던 그가 제안했을 것이다. 그의 성격상 명숙이를 그냥 보낼 수 없었을 것이다. 이번 통영행 역시도 어린 시절 여자 친구 죽음을 그냥 추억을 되살리는 것으로 족했지만 그가 굳이 연락을 해 왔다. 그의 성격상 역시 이 시점에선 뭔가의 마무리가 필요했던 것이다.

바둑이란 정말 묘하다. 두 인간의 막연한 경쟁 과정이 더하기 빼기 하면서 결국에는 냉엄한 결과를 예성하고 있지 않는가. 우리는 괜스레 한 마을에서 태어난 것 같다. 그의 손가락이 조금씩 떨리는 것 같다. 좀처럼 보이지 않던 끝이 우리의 먼 꿈처럼 보이기 시작했다. 이제 우리의 꿈은 정말 그의 우울한 귀향만 남겨둔 채 헤어져야 한다. 나는 벌써 갑수에게 건너야 할 대단한 위로의 말을 생각하고 있었다.

'이건 순전히 요행이야. 내가 이겼다고 할 수는 없어. 지금 말이지만 사실 그때 땅뺏기에선 내가 졌던 개임이야. 그때 파판이 된 것도 요행이야. 명숙이 때문에 말이야….'

그때 나는 거의 돈다고 할 수 없는 미동의 풍량계 소리를 들을 수 있었다. 그 풍량계는 일제의 신사 제단을 헐고 그 위에 세워져 있었다. 바람은 거의 불지 않았음으로 풍량계는 한가로웠다. 병뚜껑을 퉁기는 내 손가락은 몹시 떨고 있었다. 노란 은행잎 사이를 빠져나온 햇살마저 내 손등 위에서 더욱 떨고 있을 뿐이었다. 우리는 결코 서로의 얼굴을 보기 위해서 고개를 들지는 않았다. 내가 한없는 가위눌림에서 허우적거리고 있을 때 학교 뒷마당도 온통 숨을 죽이고 있었다. 달달달… 커져 가는 풍량계 소리는 그 긴장의 극을 향해 달려가고 있었다. 그때 숨 막힐 것 같은 학교 뒷마당의 정적을 처음으로 깨뜨린 것은 이웃 성당의 종소리였다. 그 소리에 놀란 학교 지붕 위 비둘기들이 일제히 날아올랐다. 바로 그때였다. 여태까지 우리 옆에서 묵묵히 지켜보던 명숙이가 느닷없이 판으로 뛰어들어 그렇게 긴장되게 그어 놓았던 모든 금들을 마구 짓뭉개버리고는 교사 뒤로 휑하니 뛰어가 버린 것이었다. 명숙이가 사라진 쪽을 그저 멍하니 바라보고만 있던 우리의 머리 위로 눈부시게 파란 하늘만이 펼쳐져 있었다.

명숙이가 떠나던 날 우리는 아무도 마중 나가지 않았다.

나는 비로소 갑수를 바로 봤다. 녀석의 무거운 돌던짐을 기다리면서도 왠지 허탈해지는 것은 이해할 수 없었다. 한바탕 폭풍이 휩쓸고 간 옛날의 통영 포구 앞바다가 뿌연 담배연기 사이로 다가왔다. 두 손을 불끈 쥐었다. 손바닥에 눈물 같은 것이 쥐어졌다. 명숙이의 죽음에 대한 애도일까.

갑수의 손가락 사이에 낀 담배가 필터까지 타 들어가고 있었다. 그것은 갑수 자신의 모습이었다. 계집애 같던 녀석, 쉽게 표정이 잘 변하던 녀석, 하지만 갑수는 좋은 녀석이었다. 생각하면 그는 언제나 내 편이었고, 나 또한 그의 편이었다. 그때 그는 왠지 좁아져만 가던 내 땅을 성큼성큼 앗아 가지를 않았다. 그가 져서는 안 될 것 같다. 그렇다고 나 또한 질 수는 없었다. 바둑에는 무승부가 없다. 하지만 옆에는 판을 흩으려 버릴 명숙이도 없다.

문득 다리 아래로 내려다보는 우리의 염소들이 한없이 처량해 보였다. 연기가 무척이나 탁했다. 그는 거의 기진맥진한 상태에서 뿔을 밀고 들어왔다. 나는 더 이상 그의 목을 조를 수 없었다. 어쩌면 무척 탁한 연기 탓으로 여태 버티고 있던 유리한 패싸움을 포기할지도 모른다. 저쪽 다리 끝에서 뿔을 밀고 들어오는 그의 염소가 아득해 보였다. 탁한 연기 탓일까. 자꾸만 반면 위에 명숙이의 모습이 어른거렸다.

벌써 새벽인가. 환청처럼 교회당 종소리가 수십 마리 비둘기처럼 창을 넘어오고 있었다.

굴뚝새

 니 뿌뜰리만 죽는대이!

아비는 손바닥에 침을 퉤퉤 뱉고는 이윽고 나무에 같이 기어오르기 시작했다.

바람은 더욱 세차게 불어 댔다. 땅 위의 모든 것을 송두리째 날려 버릴 것 같은

기세였다. 굴뚝새 부자가 올라 있는 미루나무도 그 심한 바람을 이기지 못하고

스무 해 수령에도 불구하고 휘청휘청 굽어지기 시작했다.

에-에에-에.

굴뚝새 소리는 희뿌연 황사바람을 타고 마을로 날아갔다. 마을
은 그 들릴 듯 말 듯한 소리 탓인지 기도하는 수녀처럼 조용하기만
했다. 골목길을 몇 바퀴 돌아도 금방 나타날 것 같은 굴뚝새의 모
습은 보이지 않았다. 심한 흙바람만 마을을 가득 덮고 있을 뿐이었
다.

며칠을 불고 있는 바람인지 모른다. 그 누구도 바람 속에서는
보이지 않았다. 바람은 마치 지난겨울 내내 감춰 뒀던 고독을 마구
뿌리고 다니는 원귀와도 같았다. 그리하여 바람은 나뭇가지 사이
에서 더욱 앙탈을 떨고 있었고, 윙윙- 전깃줄을 몸부림치듯 휘감으
며 비명을 질러 대기도 했다. 이마에 손을 짚고 보아도 끝이 보이
지 않는 홍한네 텃밭 근처에서도, 여러 해 동안 사람이 살지 않는

감나무 많은 외딴집 근처에서도 바람은 그 고독한 소리를 지르고 있었다.

에-에에-에.

그것은 분명 사람의 소리였다. 바람이 아닌 바람 속에서 바람을 헤치고 나가는 소리였다. 바람만이 알고 있는 대답일까.

마을 사람들이 불쌍해서 먹을 것이나 돈을 줬을 때 지르는 소리, 고맙다는 뜻인지 더 줬으면 하는 소리인지 알 수 없는 소리. 노래일까, 울음일까, 아니면 단순한 언어일까.

굳이 소리의 성분을 따지자면 높은 '도' 에서 시작해서 '솔' 로 내려와 다시 '라' 로 약간 거슬러 오르다가 낮은 '도' 에서 멈추는 소리였다. 연결하면 '도-솔라-도' 인 셈이다. 하지만 그것은 피아노 건반의 소리처럼 단순하지가 않았다.

사실 조금만 주의를 기울이고 굴뚝새를 살펴보면 소리를 지를 때 순간적으로 고였다가 사라져 버리는 눈물 같은 것을 볼 수도 있었지만 그런 것으로 굴뚝새의 신비스런 소리의 비밀을 알기에는 턱없이 부족했다.

바람이 몹시 부는 날이나 처연하게 비가 내리는 저녁 무렵, 혹은 떡송이 같은 눈이 하염없이 내리는 날일랑 치면 어김없이 어느 모퉁이에선가 가느다랗고 그러면서 끈질기게 이어지는 그 소리를 들을 수 있었다.

마을 사람들은 야릇한 그 소리에 끌리어 자꾸만 깊은 수렁과도 같은 오래 된 전설 속으로 빠져드는 착각에 젖어 들곤 했다. 대부분의 마을 사람들이 그 소리를 꺼리지만 그 소리는 이미 수삼 년 동안 그들의 마음 한구석에 주술처럼 저려 있었다.

바람은 몹시도 불어 댔다.

온종일 바람 탓으로 아무것도 할 수 없었다. 나뭇가지 휘어지는 소리, 방앗간 헌 양철 지붕이 뜯기는 소리, 전깃줄 근처에서 울부짖는 바람의 고독한 몸부림, 그 요란한 바람 속에서도 굴뚝새 소리는 여전히 마을의 여러 집 벽창들을 두들기고 있었다.

밖을 나가 봐도 마을 맨 위에 자리한 굴뚝새의 집은 희뿌연 황사로 덮여 있을 뿐 그 어느 곳에서도 굴뚝새의 모습은 보이지 않았다.

그래서 굴뚝새일까. 아니면 너무 외로워서일까. 너무 슬퍼서일까. 그냥 불쌍해서일까. 나무삐까리(나뭇단을 여러 개 쌓아 놓은 것) 속이나 굴뚝 같은 구석진 곳에 숨어서 우는 굴뚝새와 닮아서일까.

아무튼 마을 사람들은 그 소년을 굴뚝새라 했다.

에-에에-에.

저 노메 새끼가!

아비는 문을 박차고 나갔다. 굴뚝새는 이미 바람에 흔들리는 미루나무 허리 부분에 매달려 있었다.

저, 저노마가…

분을 이기지 못한 아비의 눈 속에는 희뿌연 황사 바람에 흔들리는 미루나무가 너무나 뚜렷했다.

아비는 이내 댓돌 위 고무신짝을 아무렇게나 끌며 작은 마당을 가로질렀다. 울타리 한가운데 선 미루나무는 아비의 낡은 고무신짝을 뒤집어 놓은 것 같은 초라한 그들의 초가집과는 어울리지 않게 하늘을 찌를 듯 시원스레 키가 컸다.

꺽, 꺽, 꺽.

금방이라도 오물이 쏟아질 것 같은 구역질과 절룩이는 걸음은 아비의 모습을 한층 초췌하게 보이게 했다.

아비는 마당을 가로지르다 말고 문득 걸음을 멈추었다. 그리고는 이마에 손을 짚고 미루나무 위를 향해 소리를 질렀다.

니, 퍼떡 안 내려올래!

윙윙거리는 심한 바람 소리는 아비의 소리 따위를 사정없이 앗아 갔다. 하지만 굴뚝새의 귀까지는 충분하게 이어질 것 같았다. 그러나 바람에 흔들릴 때마다 희끗희끗 보이는 굴뚝새의 모습은 여전히 나무를 기어오르고 있었다.

아비의 소리를 못 들었을까, 듣고도 모르는 척하는 것일까 알 수는 없었다. 굴뚝새의 소리는 언제나 물메아리처럼 흩어지는 것이 아니라 외질게 이어져 나갔다.

니 뿌뜰리만 죽는대이!

아비는 손바닥에 침을 퉤퉤 뱉고는 이윽고 나무에 같이 기어오르기 시작했다.

바람은 더욱 세차게 불어 댔다. 땅 위의 모든 것을 송두리째 날려 버릴 것 같은 기세였다. 굴뚝새 부자가 올라 있는 미루나무도 그 심한 바람을 이기지 못하고 스무 해 수령에도 불구하고 휘청휘청 굽어지기 시작했다.

아비는 알고 있었다. 굴뚝새가 왜 나무에 오르는지, 그리하여 바람처럼 소리를 질러 대는 그 우울한 마음을 모를 리 없었다.

어미였다.

적어도 처음엔 누가 뭐라 해도 부자의 마음은 한결같았다. 그들이 나무에 오른 이유도, 하루 내내 아무것도 먹지 못하면서 배고픔보다 더 큰 공복(空腹)으로 지내는 것도 같았다. 부자는 아침에 일찍 일어나지도 않았다. 아니 일찍 일어날 필요가 없었다. 언제나 햇살이 먼저 그들을 깨웠다. 아침마다 햇살만이 부자가 잠이 든 문창을 조심스레 두들기곤 했던 것이었다. 그리하여 부자가 부시시 눈을 부비노라면 천장까지 출렁이는 햇살만 가득할 뿐 텅 빈 부자의 마음을 채워 줄 것은 아무것도 없었다. 부자는 그 공복이 너무 싫었다.

조심스레 눈을 떠도 눈꼽이 가득 맺혀 있는 아비와 하품을 크게 하여 눈물이 고이는 굴뚝새의 모습이 다를 뿐이지 부자의 눈에 고여 있는 공복은 같았다.

겨우 일어난 부자는 서로의 얼굴을 마주보며 점심을 겸하는 늦은 조반상을 대했다. 조반상이래야 빤했다. 꽁보리밥에 된장이 전부였다. 그래도 부자는 서로의 정을 나눠 먹듯 맛있게 먹었다. 조반상을 물리고 부자는 나란히 뜰에 나와 앉아 허옇게 이마가 벗겨진 먼 산꼭대기를 하염없이 바라봤다. 그럴 양 치면 부자의 공허한 동공에는 어느새 똑같은 눈물방울이 고여 있었다.

먼 산은 묘했다. 인자한 조상님 같은 먼 산꼭대기를 바라보노라면 마음 깊은 곳에서 밀려드는 뿌듯한 위안을 얻을 수 있었다. 그러면서 아비는 늘 먼 산처럼 위대한 조상님들의 이야기를 했다. 모두가 그때그때 지어 낸 이야기였지만 굴뚝새는 자랑스러운 조상님을 믿었다. 먼 산이 그것을 증명하고 있었기 때문이었다. 아비의 마음속에서도 굴뚝새의 마음속에서도 잔잔히 흐르는 그 어떤 기다림은 같았다. 부자는 그렇게 먼 산을 처다보다가 저녁이 되면 꼭 끌어안고 잠을 청했다. 전혀 잠을 이룰 수 없는 아비나 금방 잠결로 빠져드는 굴뚝새나 마음속에서 살아 꿈틀대는 기다림은 같았다.

사실 그것은 그들의 위안이요, 기쁨이며, 슬픔이기도 했고, 외로움이었고 행복이기도 했다. 아니 그것은 그들의 전부였는지도 모른다.

그러나 그 막연한 기다림은 사월이 되어 희뿌연 먼지와 함께 불어오는 황사 바람을 따라 어디서 날아왔는지 알 수 없는 까치 한 쌍이 미루나무 꼭대기에 집을 짓고 정착하면서부터 그놈의 바람처럼 흔들리기 시작했다. 햇살이 전처럼 조심스럽게 부자를 깨우기 전에 까랑까랑 울어 대는 까치가 먼저 깨웠고 밖을 나가야 인자한 조상님 같은 먼 산도 희뿌연 황사에 가려 보이지 않았다.

굴뚝새는 언제부턴가 까치를 잡겠다고 미루나무에 자주 올라갔다. 아비는 그러는 굴뚝새를 나무라곤 했다. 그러나 그럴수록 굴뚝새는 더욱 나무에 오르러 했다. 적어도 아비가 처음 만류할 당시에는 까치가 그래도 행운의 소식을 가져다준다는 말을 은근히 믿고 있었다. 하지만 굴뚝새가 나무에 오르는 것이 단순히 어미 때문이라 단정을 하면서부터는 아비 스스로가 견딜 수 없었다.

　에-에에-에.

　니, 끝까정 그칼라카나….

　아비는 잡았던 나뭇가지를 힘껏 당기며 위로 올라갔다.

　오늘은 기어코 굴뚝새가 까치집까지 다다를 것 같았다. 언제나 불안스레 나무 맨 꼭대기에 얹혀 있는 까치집이었건만 여간한 폭풍에도 여태 꿋꿋하게 버티고 있었다.

　나무에 올라서 보는 들녘의 모든 수목들은 희뿌연 황사에 휩싸인 채 심한 바람에 온몸으로 저항하고 있었다.

　난리였다. 커다란 난리가 터진 것 같았다. 바람만의 축제일까. 바람만의 세상일까. 어디서 몰려오는 바람일까. 어디서 몰려오는 먼지일까. 해마다 이맘때면 어김없이 찾아와 모두로 하여금 공포 속으로 몰아넣고는 자기네들만 미쳐 날뛰는 바람의 축제였다.

　저만큼 홍한네 집 뒤쪽으로 몇 그루의 꿀밤나무가 보이는 뒷동뫼 정자가 어렴풋이 뵜다가 사라지곤 했다. 아비는 그것을 유심히 살피려 하지 않았다. 그렇지만 나무가 바람에 흔들릴 때마다 오락가락하여 몇 번이고 눈을 껌벅여 보았다. 옛날 같았으면 그 정자에 그늘을 드리우는 제법 커다란 꿀밤나무가 있었다. 그 나무는 어느 해 여름엔가 벼락을 맞아서 시커먼 둥치만 남게 되었다. 이젠 그 옆에 새순이 자라나 제법 큰 모습으로 정자를 지키고 있지만 본래의 나무와는 비길 바가 못 되었다. 그 꿀밤나무는 정말 그늘이 좋았다. 아무리 더운 여름철에도 물 속처럼 시원한 그늘이었다. 아비는 어미와 일하다가 그 그늘에서 쉬기도 했다. 어미는 별나게 그 그늘을 좋아했다.

아비의 눈에는 간헐적으로 몇 그루의 나무가 서 있는 정자가 신기루처럼 나타나곤 했다. 아비는 꿈을 꾸고 있는 지도 모른다 생각했다.

나무 위를 올려다봤다. 굴뚝새의 위치가 처음보다 한층 높은 곳에 있었다. 아비가 꿈결 같은 정자를 생각하고 있을 동안 미루나무의 키는 한층 더 커진 것 같았다. 까치집도 더욱 까마득히 높아 보였다. 까치집이란 원래 인간들의 손이 닿지 않는 높은 곳에 있었다. 마치 까치와 인간은 처음부터 구별되어져야 하는 것처럼. 하지만 굴뚝새 부자에게는 그렇지가 못했다. 아침마다 울어 대는 그 소리 때문이었다.

까치는 밤에 울지 않았다.

하루는 아비가 잠이 오지 않아서 굴뚝새에게 나직이 물었다.

니는 와 밤에는 까채이가 안 우는지 아나?

그때 굴뚝새는 대답을 않고 훌쩍거렸다. 괜한 심정을 건드렸다. 아비도 그러고 싶었다. 울고 싶을 때 마음껏 울 수만 있다면… 만약 자신의 심정대로라면 한강수만큼 눈물을 퍼낼 것이리라. 하지만 굴뚝새가 불쌍해서 그럴 수는 없었다. 굴뚝새는 잘 울었다. 그러나 굴뚝새의 울음에는 눈물이 없었다. 크게 소리를 내지도 않았다.

아비는 생각했다.

아무도 닿지 못하는 까치집처럼 모두가 우러러보는 그런 높은 곳에 집을 짓고서 사노라면 아침마다 햇살이 가장 먼저 달려와 깨워 주리라. 그러면 가만히 눈을 부비며 일어나 빛나는 햇살의 애무를 받으면서 이슬로 세수를 하기 전 가만히 어미를 흔들어 같이 세수하리라. 그러고는 햇살이 비치는 곳으로 한없이 날개를 저어 가리라. 굴뚝새 녀석은 나중에야 깨어나 어미와 아비를 기다리겠지. 그래도 부부는 햇살을 쳐올리며 날개 저어 가리라. 산도 강도 바람도 넓은 들판도 모두 제 것인 양 하루 내내 날아다니리라. 결국 저녁이 되어 그 집에만 햇살이 남아 있을 때쯤 행복한 웃음을 선물로 가지고서 돌아오리라. 그럴 양 치면 굴뚝새는 반가움을 감추고 샐쭉 돌아앉으리라. 그래도 부부는 굴뚝새를 번갈아 안아 주면서 신비한 세상 이야기를 들려주리라.

아비는 굴뚝새의 등을 어루만져 보았다.

따뜻했다. 아직도 훌쩍이는 것이 등줄기에서 흐르고 있었다. 아비는 달래듯 굴뚝새의 등을 쓰다듬었다. 까칠한 아비의 손바닥에 비하면 너무나 고운 굴뚝새의 살결이었다. 어미의 속살도 무척이나 보드라웠다.

녀석은 몇 살일까. 아비는 굴뚝새의 나이가 언뜻 잡히지 않았다. 남들처럼 학교에라도 다니면 학년으로도 알련마는 또래의 아이들까지 동무가 없으니 정확하게 알 수가 없었다.

아비는 자신이 한심했다. 어쩌면 하나밖에 없는 자식의 나이도 모를까. 어미는 굴뚝새의 나이뿐만 아니라 생일까지도 꼬박꼬박 기억했다. 그릇 봉긋이 담겨진 흰 이밥에 고기반찬이 있는 날이면 어김없이 굴뚝새의 생일이었다. 그러고 보니 밥이 많다며 괜스레 투정을 부리던 굴뚝새의 모습을 본 지도 꽤 오래 되었다.

잇날 잇날 디기 오랜 잇날…

아비는 굴뚝새에게 조상의 이야기를 들려줄 때처럼 까치가 아침에만 우는 이유를 나직이 꾸며 갔다.

까채이 두 마리가 널븐 내를 사이에 놓고 살았거덩. 두 마리는 서로 억시기 좋아했능 기라. 헌데 그때는 아적까정 까채이들이 잘 날지 못했제. 그래서 서로가 밤마다 사랑의 노래만 불러 댔지렁. 그카다가 하루는 숫까채이가 목심을 걸고 그 널븐 내를 건넜제. 큰 내는 무사이 건넜지만서도 그만 한 쪽 다리가 뿌라졌뿔능 기라. 암까채이는 고마버서 숫까채이캉 꼬꼬재배했제. 그리고 새끼도 낳고 집도 짓고 행복하게 살았는데 말이다… 그러던 어느 날, 오늘처럼 황새바람이 디기 불던 날, 그만 암까채이가 멀리멀리 도망쳤뿔능 기라. 숫까채이는 울다울다 목이 다 쉬었재….

굴뚝새는 벌써 잠이 들어 버렸다. 이야기를 어디까지 들었는지 알 수는 없었지만 아비는 괜찮다고 생각했다. 순간적으로 지어 낸 이야기였지만 어미와 자신의 이야기였다. 아비는 이야기를 계속하고 싶었다. 행복의 장면이 남아 있었기 때문이었다.

아비는 굴뚝새의 가슴에 손을 얹었다. 그것은 자신의 가슴이었다. 아무것도 없을 것 같은 가슴에서 알 수 없는 그 막연한 기다림이 끊임없이 울렁이고 있었다.

바람 탓일까.

까치 탓일까.

온 땅이 겨울옷을 벗고서 푸릇푸릇 새롭게 소생하는 봄이 오면

홍역앓이 하듯 어김없이 찾아오는 희뿌연 바람, 바람은 천지를 온통 흙먼지로 가득 메웠다. 그러면서 바람은 굴뚝새의 어미를 앗아 갔다. 아니 앗아 간 것이 아니라 몹쓸 바람 탓으로 도망가게 했다.

희뿌연 먼지바람이 몹시도 불어 대던 그날의 충격이 어지간히 큰 것이었기 때문에 아비는 차라리 꿈일지도 모른다고 생각했다.

오뉴월 땡볕이 유난히 따갑던 그날, 일 나갔다가 여느 때보다 이른 시간에 집으로 돌아왔을 때 집 안은 숨이 막힐 듯 고요했고, 다만 부엌 쪽에서 인기척이 났지만 아비는 두려워 쉬 다가가지 못했다. 아니나 다를까 거기에는 홍한네 머슴과 어미가 있었다. 무슨 짓을 했는지 알 수는 없었지만 어미는 고개를 떨군 채 부지깽이로 까닭 없이 다 타 버린 불만 헤집고 있었고, 홍한네 머슴 녀석은 그 누런 이빨을 드러내고서 겸연쩍스러운 웃음을 흘리고 있었다. 아비는 아무런 말을 못 한 채 못 쓰는 한 쪽 다리만 부들부들 떨고 있었다.

꿈이라는 것도 시간이 지나고 나면 잘도 깨어지련만 그 꿈은 시간이 흐를수록 생생해지며 가슴 쓰린 현실만 반복될 뿐이었다. 아비는 차라리 깨지 않는 영원한 꿈을 꾸고 싶었다.

에―에에―에.

굴뚝새가 나무를 기어오르다 말고 소리를 질러 댔다. 바람 소리가 제아무리 크다 해도 굴뚝새 소리는 또렷이 들려왔다. 어떻게 보면 우우 지르는 바람의 울림 속에서 굴뚝새 소리만 외질게 달려 나가는 것 같았다.

아비는 위를 올려다봤다.

어지러웠다. 굴뚝새의 위치가 지나치게 높은 곳에 있었다.

내려오락카이!

내 머락카지 안 하께…

아비의 소리도 애절하게 바람을 가르며 굴뚝새 쪽으로 달려 나갔다. 하지만 아비의 소리를 들었는지 못 들었는지 굴뚝새는 여전히 나무 위를 기어오르고 있었다.

떨어지만 어짤라고….

윙윙 바람이 나무를 흔들었다. 여태까진 굴뚝새가 그렇듯 높이 올라간 적은 없었다. 기껏해야 허리 부분까지가 고작이었다. 그것도 아비에게 발각이 되면 곧장 내려왔었다.

말을 못 하는 굴뚝새였지만 아비는 그의 심중을 헤아릴 수 있었다. 그러기에 아비는 더욱 거세게 막았는지 몰랐다. 아비는 여태까지 그래도 굴뚝새의 간단한 억양과 눈빛, 손짓으로도 심중을 쉽게 알 수가 있었다. 실제 그들의 생활에서는 많은 말이 필요하지 않았다. 더구나 어미가 집을 나가면서부터는 더욱 그랬다. 어미가 집을 나갔을 때도 굴뚝새는 단 한마디의 언어를 뱉어 내지 못했다. 그러나 그런 굴뚝새가 유일하게 말을 한 적은 있었다.

언젠가 밖을 나갔던 굴뚝새가 마을 아이들이 먹고 있는 누런 옥수수 빵을 보고는 어미에게 빠, 빠… 하면서 졸랐다.

빙씨이가 빵은 뭐꼬!

어미는 굴뚝새를 매정하게 쏘아붙였다. 굴뚝새는 처음 보는 어미의 도끼눈을 피해 아비를 봤지만 아비도 당황하고 있었다.

아비의 가슴에 창끝처럼 날아와 박히는 ‘병신’이란 말, 그것은 비단 굴뚝새에게만 해당하는 욕이 아니었다. 아비에게 어미가 그렇게 야속하고 먼 타인처럼 느껴 본 적은 일찍이 없었다. 굴뚝새와 아비 자신이 정말 굴뚝새라면 어미는 머나먼 나라의 왕비마마 같았다.

여보, 엔만하믄 우리도 강낭떡 해 묵지….

아비는 측은한 굴뚝새를 위하여 하기 싫은 말을 해야 했다. 어미는 밖을 나가 버렸다. 굴뚝새는 아비의 품에 안겨 훌쩍였다. 아비는 어미에게조차 그런 말을 듣는다는 것이 너무 서러웠다.

그날 저녁 어미는 어디서 구해 왔는지 누런 옥수수 빵을 상 위에 올렸다. 굴뚝새도 아비도 낮에 가졌던 서운한 마음이 씻은 듯이 사라졌다. 그저 문창 밖으로 어둠만이 내리고 있었을 뿐 낮에 그렇게 설쳐 대던 희뿌연 먼지바람도 거짓말처럼 조용히 잠들어 있었다. 다만 뒷밭에 도둑고양이만이 외롭게 울고 있었을 뿐이었다.

굴뚝새는 마냥 좋아했다. 저녁상에 둘러앉은 굴뚝새 가족의 모습은 무척 행복해 보였다. 아비는 둥지 가득한 행복이 행여 넘쳐흐를까 마음을 졸였다. 그런데… 다음날 아침, 바람은 다시 불기 시작했고, 산이고 들판이고 먼지에 가려 보이지 않던 바로 그날 아침, 밥을 지어야 할 어미의 모습은 보이지 않았다.

부자는 바람 속에서 어미를 찾아다녔다. 그러나 그 어디에도 어미는 없었다. 그로부터 마을에서는 희뿌연 먼지바람처럼 소문이 돌기 시작했다. 어미가 홍한네 젊은 머슴과 같이 도망갔다는 것이었다. 하지만 아비는 소문에 개의치 않았다. 어미가 홍한네 머슴과

눈 맞아 도망갔다는 사실보다도 어미가 자신이나 굴뚝새 앞에 없
다는 사실이 억울할 따름이었다. 덩그렇게 비어 있는 그들의 가슴,
어미로부터 도적맞은 그들의 가슴이 날이 기우는 날일랑 치면 견
딜 수 없도록 했다. 아비는 굴뚝새보다 더 크게 울부짖었다.

　한차례 바람이 아비의 얼굴을 할퀴고 지나갔다. 그제야 아비는
자신이 눈물을 흘리고 있다는 것을 알았다. 얼마나 흘렸을지도 모
르는 눈물, 그 흔해 빠진 눈물 몇 가닥 흐른다손 뭐 대수로울 것은
없었다.
　아비는 간혹 이런 생각을 했다. 세상에 끝없이 솟구치는 것이
있다면 그것은 눈물일 것이다. 어디서 시작하는지 알 수 없는 그
뜨거운 것이 이미 다 말라 버렸을 것이라고 단정을 내린 뒤에도 여
전히 기회가 있을 때마다 가슴 저 깊은 곳에서 북받쳐 올라와 사람
을 견딜 수 없도록 했다. 눈물을 흘릴 경우 보통 먼저 마음의 감동
이 일어나고 속에서부터 참참이 솟아올라서 마침내 눈시울을 적
시는 것이거늘 숫제 아비에게선 그렇듯 복잡한 과정 따위가 필요
없었다. 조금만 마음에 충격이 와도 곧바로 어미와 연관되어졌고
그것은 이내 눈물로 흘러내렸다. 하지만 눈물은 아비에게 남아 있
는 어미에 대한 거의 유일한 무기라고 할 수 있었다. 금방이라도
죽일 것 같이 밉던 어미라 할지라도 눈물 속에선 그저 야속한 사람
으로 모든 것을 용서할 것 같았다.
　눈물이라는 것은 정말 묘했다. 나이도 없이, 현실과 과거와 미
래의 거리도 없이 멋대로 넘나들며 모든 쓰리고 괴로운 일들이 눈

물 속에선 그저 동그란 슬픔 하나로 일축되어질 수 있었다. 동그란 슬픔, 그렇다. 아비가 지탱할 수 있는 힘이란 동그란 슬픔 하나뿐이었다. 그러기에 아비는 눈물을 억제하지 않았다. 때때로 마을 사람들이 마누라 잃어버린 병신 영감쟁이라고 놀려 댈 때도, 몇 날 며칠 먹을 것 없어 서러울 때도, 굴뚝새가 한없이 초라한 모습으로 어미를 기다릴 때도 그 눈물로 일축할 수 있었다.

바람이 핥아 가는 눈물에도 아비는 애써 닦으려 하지 않았다. 오히려 더욱 많이 감당할 수 없게 흘러 주기를 바랐다. 끝없이 한 열흘쯤은 내리는 장맛비처럼 줄기차게 쏟아져서 그야말로 눈물이 바닥을 드러낼 때까지 그렇게 흘러 주기를 바라고 있었다.

에-에에-에.

굴뚝새는 거의 까치집까지 육박하고 있었다.

이노메 새끼야 지발….

아비는 이제 더 올라갈 수 없음을 알았다. 어제 장날 술을 너무 많이 마신 탓이었다. 기지를 잡은 손이 부르르 떨려 있다.

요사이 아비는 장날을 많이 기다렸다. 장날이면 아무 할 일이 없는 그에게 그래도 일거리가 있었기 때문이었다. 처삼촌이 운영하는 간이 대장간에 풀무불을 피우기도 하고 낫이나 칼 같은 연장을 갈기도 했다. 비록 대가로 약간의 양식과 몇 모금의 술을 얻어 마시는 것이 고작이었지만 그것보다는 그 일이 아비에게는 즐거웠다. 하루 내내 먼 산만 바라보는 고적한 삶에서 벗어날 수 있었기 때문이었다.

아비가 풀무불 풍구의 손잡이를 가만히 돌리노라면 숯불 피어나는 소리가 옛날 다정했던 어미의 숨결처럼 들려왔다. 사실 풀무불을 붙이는 일은 쉽게 보이지만 꽤 어려운 작업이었다. 풍구의 손잡이를 돌린다는 것이 돌린다는 의식을 하면은 단 오 분도 지겨운 일이었다. 천천히 그리고 강약을 조절하면서 그것을 돌린다는 의식 없이 바람을 불어넣으면서 아침까지 일어섰던 어미에 대한 칼날이 그 피어나는 숯불에 사그라지는 평온함을 아비는 가질 수 있었다.

아비는 그것을 좋아했다. 사실 말이지 세상에 그 누구라도 아무리 날카로운 칼날을 마음에 품은 자, 그 자리에 느긋이 앉아서 풍구를 돌리는 둥 마는 둥 바람을 붙여 보라. 분명히 마음속에서 찬찬히 일어서는 불길을 느끼게 될 것이고 어느덧 칼날은 솜사탕처럼 사그라질 것이 아니겠는가.

어제 장날은 일찍 주막으로 자리를 옮겼다.

오늘은 마 쬐끔만 마시이소.

아비가 주막에 들어서자 주모는 걱정스럽게 맞았다. 아비는 그런 주모의 눈길을 피해 구석진 자리로 갔다. 밖을 봤다. 앞뒤로 꽉 막힌 산들이 그랬고 건너 개울둑에 줄지어 선 미루나무가 그랬고 장바닥에 사람들이 그랬고 모두가 우물 속처럼 포근하게 느껴지는 것이 필시 비가 올 모양이었다.

그래, 오너라. 한 열흘쯤….

아비는 푸념했다. 주모의 동정이 싫었다. 그리고 술을 들이킬 즈음 정말 비가 술술 뿌리기 시작했다.

망할 년!

술잔을 잡은 손이 부르르 떨려 왔다. 다시는 떠올리기도 싫은 장면이었다. 어쩌면 꿈일 지도 모르는 그날의 긴장이 아직도 손을 떨게 하고 있었다.

비를 맞아 피어나는 대장간 불뙤 위로 하얀 김이 아비의 눈 속으로 들어왔다. 옆자리에서 터져 나오는 웃음들이 자신을 비웃는 것 같았다. 그 웃음들이 바늘 끝처럼 따가웠다.

어미에 대한 원망이 술잔을 들이킬 때마다 울컥 솟구쳤다가 술과 함께 넘어갔다 싶으면 다시 기어 올라와 술맛을 자극했다.

아비는 머리를 흔들었다. 바깥의 풍경이 몽롱했다. 대장간 풀무 불빛이 빗속을 뚫고 길 건너 있는 주막까지 선명하게 다가왔다. 발갛게 단 쇠붙이들이 처삼촌의 집게에 집혀 도마 위 고기처럼 사정없이 두들겨 맞고 있었다. 그 쇠붙이들이 불쌍했다. 아비는 앞으로 망치질을 할 수 없다고 생각했다. 어릴 때 개구리를 잡아 냅다 치면 두 다리를 바르르 떨며 죽어갔다. 쇠붙이들은 모두 자신을 닮은 개구리 같았다.

아비의 술잔 횟수가 늘어감에 따라 풀무불이 점점 커져 갔다. 주위의 사람들이 천천히 노랫가락으로 돌아갔다.

정에 삼경 지새울 제 얄미운 사람이로다.
가고 못 올 님 정이나 가져가지.
님은 가고 정만 남으니 내 어이 이 밤을 지샐 건가.

하나둘, 커져 가는 불꽃, 불꽃은 마침내 커다란 원무로 변해 있었다. 언제부턴지 그 원무 속에는 흰 옷을 차려입은 어미가 있었다. 홍한네 머슴 녀석은 없었다. 아무리 찾아도 없었다. 원무는 점차 빨라져 갔다. 굴뚝새가 웃었다. 어미는 웃지 않았다. 굴뚝새와 어미가 손을 잡고 돌아갔다. 굴뚝새의 얼굴이 또렷이 다가왔다. 그렇듯 행복에 찬 얼굴은 여태 보지 못했다. 불꽃이었다. 칼날을 무디게 하는 불꽃이었다. 그리고 비가 왔다. 몇 년을 내릴 것 같은 비가 왔다. 머리가 어지러웠다.

아비가 다시금 술을 먹어야겠다고 정신을 가다듬었을 때는 이미 그의 집 아랫목에 누워 있었다. 천정에 기도하는 듯한 굴뚝새의 그림자가 커다랗게 보였다. 아비는 될 수 있는 대로 구석으로 비껴 이불을 뒤집어썼지만 그때까지도 비와 불꽃이 어지러웠다.

굴뚝새가 기도를 끝냈는지 아비의 옆을 파고들었다. 그리곤 이내 잠들어 버렸다. 어쩌면 잠결에 어미를 만나고 있는 지도 몰랐다. 그런 면에서 잠이란 무척 편한 것이고 참된 행복은 거기만 존재하는 것 같았다. 하지만 잠이란 다음날 아침이 기다리고 있었다. 아비는 아침에 일어났을 때 겹쳐 오는 그 허허로움을 견딜 수 없었다. 그러나 자신보다 굴뚝새가 더욱 불쌍했다. 어미는 굴뚝새에게 필요했다. 동무도 어미도 없는 녀석, 언제나 외로이 숨어서 그 들릴 듯 말 듯한 소리로 울어 대는 녀석을 따뜻하게 해 줄 이는 어미뿐이었다.

아비는 밖을 나갔다. 바람은 불지 않았고 비도 내리지 않았다. 바람은 저녁이면 거짓말처럼 잠잠했다. 울타리 그 큰 미루나무도 어둠 속에서 수채화처럼 포근히 솟아 있었다.

아비는 칼을 찾아 숫돌에 갈기 시작했다. 어미 생각으로 견딜 수 없으면 칼을 갈았다. 그 칼로 어떻게 하겠다는 생각도 없이 그냥 칼이라도 갈지 않고는 그를 달래 줄 그 무엇도 없었다.

아비는 칼을 갈면서 미루나무 꼭대기를 올려다봤다. 까치집은 어둠으로 보이지 않았다. 하지만 까치 부부는 다정스레 새끼를 품고서, 밤은 더욱 길게 이어지고 아침은 빨리 오라고 노래를 부르듯 새끼를 서로 번갈아 껴안으면서 서로의 몸을 부비고 그때마다 물컥물컥 솟아나는 정을 나누면서 행복은 둥우리가 너무 작아 넘쳐흐르고.

에-에에-에.

아비가 다시 위를 쳐다봤을 때 굴뚝새는 거의 미친 듯이 까치집을 흔들고 있었다. 바람은 그러한 굴뚝새의 모습을 사정없이 후려치며 지나갔다. 굴뚝새는 기어이 까치집을 흔들고 있었다. 윙윙 심한 바람은 미루나무를 마침내 넘어뜨리고 말 것 같았지만 굴뚝새는 거의 발악하듯 소리를 질러 대고 있었다.

그때였다.

까치들이 솟아올라 바람에 휩싸이면서 까랑까랑 울부짖고 있을 때 아비는 분명히 보고 있었다. 저만큼 떨어진 고개로 이어진 허리 굽은 길 끝에서 무엇인가가 다가오고 있었다. 희뿌연 먼지바람 속에서도 그 모습은 분명했다. 코를 간간이 훌쩍이며 걸어오는 모습이 분명 어미였다.

아비는 거의 무의식적으로 간밤에 갈다가 내던진 칼 쪽을 확인
했다. 칼은 울타리 옆에 초라하게 쓰러져 있었다. 순간 아비의 온
몸은 심하게 떨렸다. 언젠가 꿈일 지도 모른다고 생각되어지던 날,
그날의 그 긴장된 분위기가 새삼스럽게 까치 소리와 함께 소용돌
이치고 있었지만 이미 아비의 눈에는 뜨거운 눈물만이 하염없이
쏟아지고 있을 뿐이었다.

龜旨歌를 위한 다섯 가지 변주곡

주모는 오늘 저녁 또 내게 밀린 밥값을 요구할 것이다.

그러나 나는 이미 알고 있다. 그것이 주모의 구지가라는 것을.

단가, 씁쓸한 전설

파도가 밀려온다. 산더미만 한 파도가 바람과 함께 밀려왔다. 동아줄로 스크럼을 짠 배들이 춤을 추기 시작했고 곧이어 비까지 퍼부어 댔다. 이미 폭풍경보가 내려져 있는 부두에는 사람의 그림자가 보이지 않았다.

언제부턴가 나는 부둣가 선술집에서 담배연기를 풍풍 품어내며 주모와 주모의 칼날 너머로 출렁이는 바다를 보고 있었다. 옆자리에는 나보다 먼저 자리 잡은 뱃꾼들이 술잔을 주거니 받거니 벌써 걸게 취해 있었다. 그러나 자욱한 연기 탓인지 아니면 심한 폭풍에 겁을 먹은 부두의 분위기 탓인지 그들이 이방인처럼 느껴졌다. 낯선 것은 그것뿐이 아니었다. 선술집, 부두, 바다, 폭풍까지도 영화의 한 장면 같았고, 나는 마치 그 영화를 감상하는 관객이거나 그 영화 속에 등장하는 엑스트라 같았다.

에그그…

한차례씩 큰 파도가 비이십구 폭격기처럼 부두를 들이박을 때면 주모의 칼질이 순간적으로 멈추곤 했다. 그럴 때마다 이상하게도 내 아랫도리는 불끈불끈 힘이 솟아올랐다. 그것은 내 의지와 상관없는 내 신체 일부의 자유였다. 사실 나는 바다를 보고 있다지만 칼질에 춤추듯 흔들리는 주모의 둥실한 엉덩이를 보면서 씁쓸한 전설을 떠올리고 있었다.

달래나 보지, 달래나 보지… 비오는 날 함께 고개를 넘던 누이는 죽은 동생을 끌어안고 울부짖었다. 온통 비에 젖어 몸매가 드러난 누이의 모습은 갓 성에 눈을 뜬 동생으로서는 참을 수 없었다. 그리고 부끄러웠다. 누이를 먼저 보낸 동생은 눈치 없이 솟아 있는 자신의 성기를 돌로 찍었다. 비 젖은 고갯길에 지천으로 피어 있는 진달래 향기에 취해… 그래서 달래고개였을까. 눈치 없이 솟아오른 성욕을 달래지 못했기 때문에 달래고개였을까. 아니, 그렇게까지 하고 싶었으면 달라고 말이라도 했어야 한대서 달래고개였을까. 피로 물든 동생의 아랫도리가 진달래 빛이어서 달래고개였을까.

하나. 원숭이 똥구멍은 빨갛다

수놈 원숭이는 암놈에 대해서 결코 실수를 하지 않는다. 암놈이 자신을 원하는지를 판단하는 데도 단 3초밖에 걸리지 않는다. 그것은 수놈의 성적 감각이 뛰어나서가 아니다. 암놈은 수놈이 마음에 들면 엉덩이가 붉게 부풀어 오른다. 때로는 노골적으로 그런 엉덩이를 보이며 상대 수컷을 유혹하기도 한다. 그래서 속으로만 사랑하다가 끝내 남남이 된 갑돌이와 갑순이는 원숭이보다 못한 바보다. 갑돌이와 갑순이만 바보가 아니라 모든 인간들은 바보다. 나역시 그런 바보다. 나의 비극은 거기서 출발한다.

언제부턴가 연이는 나의 이브였고 나는 연이의 아담이 되어 있었다. 우리의 사랑이 뱀의 장난으로 끝나 버렸을 때 나는 비로소 새처럼 완전한 자유인이 되었다. 그날 그러니까 연이 스스로가 속죄양이 되어 연주회를 가지던 날 나는 폭풍주의보가 내려져 있는 동해 어느 바닷가에 있었다.

연이는 금단의 열매를 삼키고 자귀 난 아이처럼 배가 불러 있었다. 그런 그녀의 배를 축구공처럼 걷어차고 싶었다.

나는 바다 끝까지 갔었다. 사실은 바다 끝이 아니라 땅 끝이었다. 동해 끝, 아니 갈 수 있는 데까지 가고 싶었다. 그러나 내 앞을 가로막는 것은 바다가 아니라 남방한계선이었다. 나와 연이 사이에 그어지고 만 그 뚜렷한 분단을 확인하려 했는지 모른다. 아니 그때는 죽어 버릴 수도 있었다. 그러나 내가 죽지 못한 것은 나보다 한 발 앞선 죽음이 거기 있었기 때문이었다.

바다는 심한 폭풍에 시달리고 있었다. 그때 나는 나와 같이 비를 맞고 있는 노란 우산을 보았다. 우산은 꽤 오랫동안 해안 절벽 위에 한 송이 꽃처럼 피어 있었다. 음악이 몰려왔다. 시위 군중의 함성처럼 파도를 타고 파도처럼 몰려왔다.

꼭 와야 해요. 내 스스로 속죄양이 되는 연주회니까요.

나는 결코 그 연주회에 참석할 수 없었다. 연이는 원치 않는 임신을 하고 중절수술을 하기 전 속죄의 연주를 한다 했다. 하지만 나는 부풀은 그녀의 배를 축구공처럼 걷어차고 싶었다.

연이가 두 마리 속죄양 가운데 번제(燔祭)되어질 양이라면 나는 광야로 떠나는 가련한 아사셀 양이었다. 그래서 나는 그날 무작정 떠날 수밖에 없었다. 가능한 멀리 떠나고 싶었다. 하지만 남방한계선, 더 이상 갈 수가 없었다.

노란 우산은 해안 절벽 그 자리에서 꼼짝 않고 있었다. 내가 가까이 다가갔을 때도 여전히 그 심한 바람에 마냥 비를 맞고 있었다. 그것은 차라리 한 송이 가련한 꽃이었다. 나도 그 옆에서 장승처럼 그냥 그렇게 비를 맞았다. 볼록 솟은 그녀의 배를 걷어차고 싶었다.

연이는 비가 오면 노란 우산을 장난감처럼 가지고 다녔다. 때때로 나는 발정난 개처럼 그 우산을 찾아 거리를 헤맸다. 그러노라면 우산은 늘 어두컴컴한 음악다방에서 찾아내곤 했다.

이 음악 알아요? 라흐마니노프 피아노 협주곡.

제기, 나는 그렇게 긴 이름을 알 수가 없었다. 연이는 어두운 탁자 위에 크고 맑은 눈동자를 굴리다 말고 사르르 감추었다.

잘 들어 봐요. 마음속에서 무엇이 밀려오는지를. 고독, 우울, 욕망… 젊은 날의 온갖 못마땅한 것들이 범람하는 강물처럼 밀려오지 않나요?

하지만, 나는 그때 슬픔처럼 밀려오는 해안 절벽의 파도를 보고 있었다.

폭풍은 모든 것을 송두리째 삼킬 듯이 나와 노란 우산이 있는 절벽을 훑고 있었다. 바다는 바다대로 자유를 부르짖는 시위군중같이 파도를 밀어 올리고 있었다. 단순한 구호나 값싼 이데올로기가 어찌 자유란 말인가. 그것은 차라리 슬픔이었다. 나는 그때 듣고 있었다. 자유를 부르짖는 군중의 소리가 아닌 우울과 욕망의 끝에서부터 밀려오는 커다랗고 슬픈 젊음의 소리를.

노란 우산은 금방이라도 폭풍에 날려갈 것 같았다.

나는 노란 우산을 낚아챘다. 비가 억수같이 쏟아지고 있었다. 여자였다. 핏기 없는 얼굴, 짙은 눈썹, 그 여자도 연이처럼 배가 불러 있었다.

안 돼! 안 돼!

여자는 소리쳤다.

여자는 내 옷자락을 쥐어뜯었다. 여자의 긴 치맛자락이 바람에 날려 내 얼굴까지 휘감겨왔다. 여자는 내 얼굴을 할퀴기 시작했다.

안 돼! 안 돼!

정말 그때 아무런 소리도 들을 수 없었다. 그놈의 음악만이 온통 해안을 가득히 메우고 있었을 뿐이었다. 나는 우산을 절벽 아래로 날려 버렸다.

안 돼! 안 돼!

우산은 자유를 부르짖는 삐라처럼 바다를 향해 그렇게 날려

갔다.

안 돼! 안 돼!

이번에는 내가 소리쳤다. 순식간이었다. 여자는 우산을 향해 뛰어내렸다.

나는 그 우산을 향해 날려가는 여자를 보고 있을 수밖에 없었다. 그것은 맹렬하게 밀려오는 저 파도와 같이 슬픔에 대적하는 두 송이의 가녀린 노란 꽃이었다. 아니 그놈의 음악을 듣고 있었다. '라흐마니노프' 그 긴 이름의 피아노 협주곡을.

해안 절벽에 망부석처럼 서서 비와 폭풍이 어둠에 완전히 사라질 때까지 나는 그놈의 음악만을 듣고 있었다.

둘. 비둘기 떼 경찰서를 습격하다

시위 주동자를 체포하려는 경찰 수백 명이 대학 강의실을 덮치던 날, 공교롭게도 어느 항구 도시 경찰서에는 인근 공원에서 삶의 터전을 잃은 수백 마리 비둘기 떼가 덮쳐 곤욕을 치렀다. 나는 그날 학내 시위 군중 속에 있었다.

평화의 새 비둘기가 평화를 사수하는 경찰서를 습격하고, 평화의 파수꾼인 경찰이 평화의 전당인 학교를 짓밟는 아이러니와 혼란… 온갖 가치의 뒤바뀜, 그래서 세상은 물구나무 선 것처럼 어지러웠다.

아저씨, 나보고 이브라구요? 그럼 아담은 누구?

느닷없이 연이는 정말 느닷없이 나를 찾아와 빨갛게 상기된 얼굴로 소리쳤다.

아닌 밤 홍두깨.

나는 불끈 쥔 주먹을 하늘로 치켜든 채 말했다.

홍두깨 씨가 누구예요?

연이도 주먹을 치켜들며 말했다.

연이를 사랑하는 사람.

아저씨가? 호호 우습다.

연이는 여전히 주먹을 쥔 채로 깔깔댔다. 하지만 나는 곧 후회했다.

물러가라! 물러가라!

성난 시위 군중의 외침은 처절했다. 나는 연이와 그 자리에 함께 있을 수 없었다.

장난이 아니야!

나는 연이를 향하여 소리를 질렀다.

저두 장난이 아녀요!

연이도 만만치는 않았다. 그녀는 시위 군중의 힘을 빌려 내게 무엇인가를 말하려는 것 같았다. 아이러니, 혼란, 도착… 나는 견딜 수 없었다. 내 눈앞에 보이는 것은 모두 뒤틀려 있었다. 내 의사에 반하는 그 어떤 강제된 관습이나 제도도 싫었다. 그야말로 그 모든 것으로부터 완전한 자유를 원했다. 나는 아나키스트였고, 그땐 이미 데모에 중독이 됐는지도 몰랐다. 하루라도 데모를 하지 않고는 몸이 근질거려서 견딜 수가 없었다. 함성 소리가 들리면 온몸은 피가 끓어올랐고, 그것은 환희였다. 피리를 불면 저절로 춤을 추는 코브라처럼 나는 서른 살 세상의 불만을 그런 식으로 표출했다.

연이의 주먹을 낚아챘다. 그리곤 행진을 멈췄다. 시위 대열이 썰물처럼 우리를 빠져나갔다. 매캐한 최루탄 가스가 먼지와 함께 몰려왔다. 하지만 내 얼굴에 돋아 있던 근육은 곧 풀리고 말았다. 나는 어쩔 수 없는 사랑의 포로였다.

송장 냄새 나게 아저씨가 뭐냐?

그럼 뭐라 불러요? 병수 씨? 오빠? 시시해… 아담? 그래, 앞으로 아담이라 할게요. 일기장에서만 말예요.

그래도 연이는 세상을 불만투성이로 살아가는 내가 무엇이 좋은지 졸졸 따라다녔다. 그때 연이는 대학에 갓 입학한 열아홉의 꽉 찬 나이였다. 아직 소녀티를 벗지 못한 풋풋한 꽃송이였다. 내가 시위 군중 속에서 흥분해 있을 때도 연이는 따라다녔다. 그녀는 아무런 의식도 없이 내가 외쳐 대는 구호를 따라 외쳤다. 나는 그런 연이가 못마땅했다. 그러나 그때 내 마음속에는 이미 모든 가치와 이념을 뛰어넘는 사랑이 용솟음치고 있었다.

아담과 이브가 맨 처음 한 말이 무언지 알아?

사랑.

그래, 내 눈빛을 봐. 무엇이 불타고 있고, 지금 무슨 말을 하고 싶은지… 아, 나는 정말 바보같이, 원숭이 똥구멍도 모르는, 왜 그런 초보적인 언어도 구사하지 못했을까. 그랬더라면 아마 연이는 사랑한다고 분명한 언어로 화답을 했을 것이고 우리는 그 확인 위에서 튼튼한 만리장성을 쌓았을 것이다.

어떻게 사랑밖에 모르니.

나는 오히려 핀잔을 먹이고 말았다. 그 말은 연이를 실망시켰고, 사랑이라는 감정에 대한 위장이자 간접화법이었고 내 자신에 대한 기만이기도 했다.

데모쟁이 아저씨보담 낫지.

한번 잘못 꿴 단추는 되돌릴 수 없는 것이다. 그것이 우리가 가꾸어 온 이른바 문화라는 '젊잖음'의 가식이었다. 그러나 연이도 나도 우리의 언어 방식으로 그 사랑이라는 감정을 확인하려 애쓰고 있었다.

아!

연이의 눈빛은 내가 무슨 답을 내리든 좋았다. 나는 그때 그것을 확인할 수 있었다. 그 맑은 눈 속에는 오로지 나에 대한 사랑만이 가득 고여 있다는 것을. 그러나 우리는 그것을 언어화하지 못했다. 아담과 이브가 처음으로 확인하고 주고받은 '아' 하는 초보적인 감탄사보다 발전된 언어를 뱉지 못했다. 그것은 원숭이 똥구멍이 왜 빨간지 이해를 못했기 때문이었다.

아, 하는 감탄사.

연이. 내가 너를 처음 봤을 때 나는 속으로 그 소리를 질렀어. 너는 여태 내가 그렇게 찾던 내 빛깔과 내 향기에 알맞은 나의 이브였지….

셋. 예수는 고기를 낚았고, 세례자 요한은 광야를 헤맸다

그는 언제나 마당에 낚싯대를 드리우고 있었다. 외과의사인 그는 병원 일에는 별 관심이 없어 보였다. 월요일부터 금요일까진 병원에서 퇴근하자마자 낚싯대를 끄집어내어 마당 이리저리 드리우다가 주말이면 바람처럼 낚시를 떠났다.

내가 그를 만난 것은 연이네 집에 하숙을 든 지 정확히 여섯 달이 지난 뒤였다. 구태여 여섯 달이라는 시간적 의미를 반추시키는 것은 세례자 요한이 예수보다 여섯 달 먼저 세상에 나왔기 때문이었다. 나는 정말 그를 처음 보는 순간부터 절로 주눅이 들어 버렸다. 그것은 당시 절망과 불만 속에 갇혀 있던 나에게 그는 모든 것을 초월한 저 높은 곳의 사람으로 나타났기 때문이었다.

우선 외모만 보더라도 일 미터 칠십도 안 되는 작달막한 키에 어디를 둘러봐도 토종을 연상시키는 가무잡잡한 내 꼴을 조롱이라도 하듯 농구선수와 같은 훤칠한 키하며, 흰 살결에 긴 턱, 거기에다 구레나룻, 짙은 눈썹, 불룩 솟은 코와, 광대뼈 위에 부리부리한 눈, 약간 곱슬한 머리카락과 꽉 다문 입술에서 풍기는 지성과 젊잖음, 게다가 그는 잘나가는 외과의사라 돈 안 되는 소설이나 끌쩍이는 이름 없는 문학도 따위와는 감히 비교가 될 수 없었다. 사실 그와 한 지붕 아래서 같이 하숙을 한다는 것 자체만으로도 황송하기 그지없을 지경이었다. 만약 그가 연이를 원한다면 나는 무조건 물러서야 했다. 공교롭게도 그의 방은 나와 연이의 방 삼각 지점에 있었다. 그러나 그와 내가 꼭이 닮은 점이 있다면 그것은 '광

(狂)'이라고 할 수 있었다. 그는 낚시에 나는 데모에 미쳐 있었다.

예수와 세례자 요한.

그것은 연이가 한 말이었다.

의사 아저씬 아저씨보다 꼭 여섯 달 나중에 우리 집엘 왔고, 병자를 고치고, 사람 낚는 어부는 아니지만 물고기를 낚는 데 정신이 빠져 있는 것이 예수와 너무 닮았잖아요? 반면 아저씨는 어때요? 현실을 거부한 세례자 요한처럼 세상 모든 것을 모순투성이로 바라보며 시위 군중 속에서 구호나 외쳐 대니… 참 재미있는 만남이 아녀요?

나는 연이의 그런 생각에 불만이었다.

예수? 예수 선생이 그렇게 좋으면 막달라 마리아처럼 프러포즈라도 해 보시지?

나는 재미있어 하는 그녀를 빈정댔다.

하지만 막달라 마리아처럼 예수 무덤 앞에서 울고 싶은 마음은 없으니 안심하세요.

그날도 그는 마당에 무뚝히 낚싯대를 드리우고 있었다. 세월을 낚는 저 강태공처럼 무언가 노리고 있는 것 같았다. 그것이 연이를 향한 것인지, 세상을 향한 것인지 나로서는 알 수 없었다.

연이는 바이올린을 켜다 말고 무슨 이유에선지 그가 낚싯대를 드리운 마당을 가로질러 내 방을 노크했다.

아저씨, 소설을 쓸 때 키스하는 장면을 어떻게 묘사해요?

실수였다. 일생일대 다시없는 큰 실수였다. 그것이 연이의 구지가였다는 사실을 한참이나 뒤에 알았다. '거북아, 거북아 머리를 내어라’ 그때 나는 순진이고 뭐고 할 것 없이 연이의 그 볼롬한 입술을 콱 찍어 문지르면서 내 거북이 머리를 내밀었어야 했었다. 그랬더라면 우리의 사랑이 그렇듯 꼬이지는 않았을 것이다.

정말 연이는 어려웠다. 아니 어려웠던 것은 나였고, 내가 단순한 사랑을 너무 어렵게 만든 장본인이었다. 그래서 연이는 아무것도 아닌 일을 가지고 한 달 이상이나 토라지기도 했다. 그러면서 그녀는 끊임없이 나를 향해 구지가를 불렀다. 그러나 나는 그것이 구속이라 여기고 있었다. 나는 그녀의 성에 갇힐 수가 없었다.

아저씬 정말 난해해요. 포커페이스란말예요. 말도 그렇고 표정도 웃음조차도 도대체 찬지 더운지….

넷. 뻐꾸기는 둥지를 틀지 않는다

지나간 폭풍이 되돌아오지 않듯이 나는 결코 돌아가지 않았다. 나는 영원히 둥지를 틀지 않는 뻐꾸기가 될 수밖에 없었다.

봄철 한때 온 산천을 지배하는 것은 뻐꾸기 소리다. 어떻게 들으면 처절하고, 어떻게 들으면 우아하기까지 한 그 소리는 단연 모든 새들의 소리를 압도하고 있다. 도대체 그러한 소리의 힘은 어디서 연유하는 것일까. 무릇 새란 공간의 제한을 받지 않는다. 세상에 뻐꾸기만큼 자유로운 새는 없다. 그런 의미에서 가장 새다운 새는 뻐꾸기라 할 수 있을 것이다. 뻐꾸기는 결코 자신의 둥지를 틀지 않는다.

그래, 나는 결코 연이의 그 갑갑한 성 안에 갇힐 수 없었다. 어쩌면 연이도 그것을 알고 있었는지 모른다. 자신과 어머니를 버리고, 마치 뻐꾸기 새끼처럼 둥지를 떠나 버린 아버지 때문이었을까. 연이는 시간만 나면 나를 자신의 새장 속으로 불러들였다. 그리곤 그 새장을 자랑했다.

연이의 방에는 새장들이 가득했다. 새장 속에는 예쁜 새들이 있었다. 특히 연이는 깃털이 노오란 새들을 좋아했다. 하지만 그녀는 새보다 새장을 더 좋아하는 것 같았다. 새장의 종류도 많았다. 초가형, 원두막, 피라밋, 반달, 네모, 삼각형….

난 언제나 저 새들 같은 사랑을 꿈꿔요.

저렇게 갇혀 있는데 사랑은 무슨 놈의 사랑이야.

얼마나 좋아요. 가득하다 못해 둥우리가 넘칠 것 같은 사랑 말예요.

강요된 사랑은 사랑일 수 없어. 새장만 떠나면 헤어지고 말거야.

그렇지 않아요. 얼마나 다정한 사이인데….

눈빛을 자세히 보란 말이야. 항상 넓고 푸른 하늘을 갈구하는 저 슬픈 눈빛을 봐. 새는 역시 하늘을 자유로이 날아다닐 때 비로소 새라고 할 수 있는 거야.

그래도 난 저 새들이 얼마나 부러운지 몰라요.

그럴 테지, 우리는 모두 갇혀 사는데 익숙해져 있으니까. 익숙한 것이 아니라 습관이 되어 버렸어. 이젠 풀어 줘도 날 수도 없어. 늑대 말이야. 대지를 마음껏 누비던 늑대가 잡혔어. 철창에 갇힌 늑대는 먹이를 줘도 거부한 채 밖을 나가려고 으르렁댔지. 그러나 여러 날이 지나고, 늑대는 때 맞춰 가져오는 맛있는 먹이를 먹으면서 온순해지기 시작했지. 나중에는 철창문을 열어도 도망가지 않는 거야. 과연 그 늑대를 늑대라 할 수 있겠어. 우리 인간들에게도 알게 모르게 그 철창이 둘러쳐져 있다고. 이놈의 땅덩어리를 생각해 봐. 좁은 반도 그 허리에 가시철조망을 몇 겹으로 두르고서 모든 기(氣)를 짓누르고 있잖아. 그걸 알아? 그래서 아직 본성이 남아 있는 젊은이들은 끊임없이 반항하고 있는 거야.

난 그렇듯 거창한 것 몰라요. 그저 새를 보며 꿈이나 키우죠.

꿈만 꾸면 뭘 해. 꿈은 크면 클수록 깨고 나면 그만큼 허전할 뿐이야.

하지만 제 꿈은 현실인걸요.

누구? 건넌방 닭털….

비꼴 의도는 아니었지만 나는 그 의사를 그렇게 불렀다.

아녀요. 둥지를 싫어하는 새여요.

잡아넣으면 되지.

잡힐 듯이 잡힐 듯이 잡히지 않아요.

따오기로군. 생각해 봐. 어느 미친 새가 스스로 새장 속에 갇히려 하겠어. 날 수 없는 새는 새라고 할 수 없어.

날아다닌다고 별 수 있나요. 안전한 새장 속에서 가져다주는 먹이만 받아먹으면 되는데 얼마나 행복해요?

그래도 높이 나는 새가 멀리 보고, 그만큼 행복한 거야.

새들이 날아다니는 것은 먹이 때문이죠.

공중을 나는 새를 보라. 심지도 거두지도 않아도 잘 살아가고 있다. 예수가 말했지. 육체는 정신의 노예요, 자유롭지 못한 인간이 인간일 수 없듯이…

세상에 아저씨만큼 자유로운 사람이 어디 있어요. 집을 뛰쳐나와 누구의 간섭도 받지 않으면서 하고 싶은 대로 살고 있잖아요?

그것은 사실이었다. 나는 당시 아무 이유 없이 집을 나와 혼자 살고 있었다. 학교도 복학 휴학을 반복했었고, 그래서 서른 살 나이에도 아직 졸업을 못 하고 있었다.

우리 인간은 근본적으로 그렇게 창조되었어. 옷 하나 없어도 아무런 거리낌 없이 잘 살 수 있어. 남녀의 만남도 마찬가지지. 도덕이니, 관습이니 하는 것들이 자유로웠던 우리 인간들을 얼마나 속박시키고 있어?

아, 연이는 내가 입에 거품을 물고 그렇게 열변을 토해도 도무지 소용이 없었다. 그녀는 오히려 내가 그 답답한 성에 감금되길 바라고 있었다. 너의 새장 문을 활짝 열어 놓기 전에는 어려워. 진정한 새라면 아니 창공을 한 번이라도 마음껏 날아 본 새라면 결코 새장 속으로 들어가지 않을 거야. 나는 그 성을 부숴 버리고 싶어서 견딜 수 없었다.

다섯. 여자들은 결국 거북이 머리를 원한다

거북아 거북아 머리를 내어라.

내놓지 않으면 구워 먹으리라.

거북이 머리는 남성의 상징물이다. 예나 지금이나, 동물이나 인간이나 암컷의 가장 큰 관심은 출산과 출산에 따른 새끼 보호에 있다. 그러므로 성에 관한 한 남성보다 소극적일 수밖에 없다. 그러나 고대 사회에서 여성은 남성을 선택할 수 있었다. 거북이 노래는 고대 여성들의 노골적인 성적 요구이며, 그 방식이 지금의 원숭이와 별반 다르지 않았다. 하지만 세월이 흐르면서 그런 표현들은 점차 의식으로, 노래로 장식되어 갔다. 그것이 이른바 문화라는 것이다.

나는 나이가 서른이나 먹었어도 연이가 부르던 구지가를 이해하지 못했다. 건넌방 닥터는 그것을 알고 있었고, 그녀의 배를 부르게 한 장본인이었음에도 나는 그에게 항의할 수 없었다.

드디어 파도는 스크럼을 짠 배들을 덮치고 있었다. 하얗게 부서지는 파도의 포말들이 최루탄 연기처럼 부둣가에 자욱했다. 자욱한 연기가 술집 창까지 포위하고 있었다.

에그그…

주모가 안주를 장만하다가 소리를 질러 댔다. 소금에 절인 고등어 같은 주모는 흔히들 이런 바닥에 부대끼는 여느 여자들과는 달리 몸 씀씀이가 헤프지 않았다. 험악한 바다 사내들이 끊임없이 치근거렸지만 아무도 그녀를 품은 자는 없었다. 그러나 나는 단 한 번 그녀의 맛을 봤다. 그녀는 숫처녀와 같았다. 짭짤한 고등어와 같은 달고 새콤한 맛이었다.

몇 달 전이었다. 나는 까닭 없이 배가 싫었다. 방바닥에 배를 깔고 세월만 축내고 있었다. 오늘처럼 배들이 스크럼을 짜고 파도에 맞서 있던 어느 날 밤 주모는 내게 밀린 밥값을 요구했다. 그리고 젊은 사람이 왜 그리 무능하냐고 다그쳤다. 내가 줄 것이라곤 없었다. 그것은 그녀도 잘 알고 있었다. 그래서 나는 그날 거의 발작적으로 그녀에게 덤벼들었다.

안 돼, 안 돼.

그녀는 결사적으로 반발했지만 스크럼 짠 배들을 덮치는 파도의 포말과 굵은 빗소리는 나를 고무시켰다. 나는 그녀의 속옷을 마구 찢어 버렸다.

안 돼, 안 돼.

그녀도 내 옷을 쥐어뜯었다.

안 돼, 안 돼…

노란 우산은 울부짖었다.

비가 억수같이 쏟아지고 있었다.

나는 연이의 배를 걷어차고 싶었다.

견딜 수 없었다. 연이의 방, 새장 속의 새의 눈빛은 금방이라도 나를 질식시킬 것 같았다. 나는 그녀의 방 새장들을 모조리 부숴 버렸다. 그리고 새들을 다 날려 보냈다.

안 돼, 안 돼…

연이가 달려와 울부짖었다.

아저씨가 뭐냐구, 도대체 뭐야!

연이는 내 가슴을 쥐어뜯었다.

바보, 병신, 거지, 거지 깡통, 찌그러진 거지 깡통, 뭐냐, 뭐냐 말이야… 세상 고민을 혼자 다 가진 것처럼….

연이는 방바닥에 쓰러져 흐느꼈다. 그래, 나는 거지 깡통보다 못한 인간이야… 나도 같이 자책했다. 그때까지도 나는 그것이 그녀의 구지가임을 알지 못했다. 결국 그날 연이는 건넌방 닥터에게로 갔고, 뜻하지 않은 임신을 하고 말았다.

아, 연이. 나의 이브. 나는 막달라 마리아처럼 울고 있을 너의 연주회에 결코 참석할 수 없었다. 그러나 나는 결코 건넌방 예수인지 닥털인지 하는 자를 원망하고 싶지는 않았다.

불도저처럼 밀려오는 파도가 금방이라도 파도를 삼켜 버릴 것만 같았다. 파도의 포말은 내리붓는 비와 함께 창으로 끊임없이 뿌려졌다. 벌써 술에 취한 사내들이 주모에게 치근덕거리고 있었다. 하지만 주모는 저 무수한 파도에도 끄떡없는 축강처럼 견뎌 낼 것이다.

주모는 오늘 저녁 또 내게 밀린 밥값을 요구할 것이다. 그러나 나는 이미 알고 있다. 그것이 주모의 구지가라는 것을.

근원에 대한 탐구에서 현실에 대한 통찰로

전성욱(문학평론가)

완전한 세계와 불완전한 세계. 이상과 현실. 박명호의 소설은 이 '사이'에서의 방황과 고뇌를 성찰의 중요한 계기로 삼는다. '사이'는 아무것도 결정된 것이 없는 무차별의 혼돈으로 가득한 암연이다. 이 암연에서 허우적거리며 몸부림치는 박명호의 소설 속 인물들은 시지프스의 운명을 닮았다.

1. 불완전한 현실, 완전한 세계에 대한 동경

인간의 세계는 불완전하다. 그래서 우리는 늘 채워지지 않는 어떤 결핍에 허덕일 수밖에 없다. 완전한 세계에 대한 믿음과 동경은 그 결핍에 저항할 수 있는 거의 유일한 방법이다. 완전한 세계는 지금 여기를 넘어선 초월의 세계로 상상된다. 그 세계는 현실의 시간과 공간으로부터 아득히 멀리 떨어져 있다. 그러므로 불완전한 인간에게, 아득하게 먼 어딘가의 무엇에 대한 그리움은 숙명과도 같은 것이다. 종교와 철학과 예술은 인간의 채워지지 않는 허기를, 그 결핍으로서의 그리움을 달래기 위한 위안의 장치들이다.

완전한 세계와 불완전한 세계. 이상과 현실. 박명호의 소설은 이 '사이' 에서의 방황과 고뇌를 성찰의 중요한 계기로 삼는다.

'사이'는 아무것도 결정된 것이 없는 무차별의 혼돈으로 가득한 암연이다. 이 암연에서 허우적거리며 몸부림치는 박명호의 소설 속 인물들은 시지프스의 운명을 닮았다.

박명호 소설의 주인공은 거의가 소설가고 시인이다. 「우리 집에 왜 왔니」 「龜旨歌를 위한 다섯 가지 변주곡」 「봄눈」 「잉어깃발」의 주인공은 소설가이고, 「샤갈, 시를 쓰다」와 「뿔」에서는 시인이 주인공이다. 주인공이 소설가나 시인이라는 것은 그만큼 세계와 조응하는 '나'의 감각이 예민하다는 것을 의미한다. 나와 세계의 만남을 다루는 문학은 내가 세계와 맺는 관계를 탐구한다. 나는 세계와 조화를 이루기도 하고 다투기도 한다. 나와 세계의 조화, 다툼, 화해의 과정들은 '나'를 성숙하게 하기도 하지만, 다툼이 화해로 이어지지 않을 때 나와 세계의 심각한 대결은 '나'의 타락이나 파탄으로 귀결되기도 한다.

우리가 사는 이 세계는 완전무결한 천상의 낙원이 아니기에 언제나 '나'는 세계와 심각하게 갈등할 수밖에 없다. 그래서 박명호 소설의 주인공들은 지금 이곳의 현실을 초월한 근원적 세계를 동경한다. 근원(arche)에 대한 탐구, 잃어버린 낙원에 대한 향수는 박명호 소설의 요체다. 강물을 거슬러 존재의 시원을 찾아 떠나는 연어들의 힘겨운 여정. 여행은 시작되었지만 길이 끝나 버린 이 시대에 박명호 소설의 인물들은 우직하게도 저 연어들처럼 힘겨운 여정에 기꺼이 몸을 던진다.

2. 근원으로서의 여성 그리고 바다

「산 너머 포구」와 「굴뚝새」는 존재의 근원으로서의 여성(어머
니)에 대한 진한 그리움의 이야기다. 소아마비라는 장애 때문에 또
래 아이들에게 놀림을 받는 「산 너머 포구」의 '달이'는 아이들의
놀림 때문에 학교에도 가지 못한다. 달이의 어머니는 아버지의 폭
력을 견디다 못해 가출해 버렸다. 가혹한 세계에서 모성의 결여는
달이에게 결정적인 의미를 갖는다. 부재하는 것은 언제나 그리움
을 불러일으키기 마련이다. 그 그리움은 떠나 버린 존재의 부재를
신비화시킴으로써 낭만적 동경을 조장한다.

그는 어머니가 무섭고 싫었다. 그러나 그의 어머니는 집을 나
간 지 한 해가 넘었고 토끼집에는 한 마리의 토끼도 없었다. 그는
어머니가 산 너머 포구에 살고 있다는 사실을 알고 있었지만 아버
지에게는 말하지 않았다. 아마도 아버지가 안다면 그냥 두지 않을
것 같았기 때문이었다.(「산 너머 포구」, 16~17쪽)

현실의 어머니는 무섭고 싫었지만 떠나 버린 어머니는 그리움
과 동경의 대상으로 신비화된다. 어머니는 대단한 기독교 광신자
였다. 틈만 나면 장애를 갖고 있는 그의 몹쓸 다리를 부여잡고 기
도를 해 주었던 어머니는 달이에게 구원의 빛으로 기억된다. 하지
만 지금 어머니는 떠나고 없고 결핍된 모성을 채워 줄 아무런 대안
이 없다. 달이에게 현실은 여전히 폭력적이다. 우체국 사택의 자기

또래 계집아이에 대한 관심은 모성의 결핍에서 오는 허기와 폭력의 현실을 벗어나고픈 달이의 애틋한 마음을 반영한다. '산 너머 포구'는 달이에게 구원의 성소다. 그래서 달이는 마을 사람들도 모두 꺼리는 적막하고 무서운 '숲'을 지나 '산꼭대기'에 오른다.

비록 무서운 숲이었지만 그곳을 지나 산꼭대기에 오르면 어머니가 있는 포구의 앞바다가 보였다. 그는 어머니가 밉고 싫었지만 보고 싶었다.(「산 너머 포구」, 19쪽)

'근원'은 쉽게 그 모습을 드러내지 않는다. 근원에 이르는 길은 오딧세우스의 귀향길처럼 험난하다. 적막과 두려움을 이겨내고 마침내 달이는 '산꼭대기'에 오른다. "하지만 포구는 여전히 섬에 가려 보이지 않았다." 산꼭대기는 안타깝게도 근원으로서의 성소가 아니다. 근원은 보일 듯 말 듯 존재의 비밀을 숨기고 좀처럼 그 실체를 드러내지 않는다. 산 너머의 '바다'는 모든 것을 품어 안는 모성의 메타포다. 〈정복자 펠레〉의 소년도 〈400번의 구타〉의 앙트완도 험악한 세계를 벗어나 바다에 이를 수 있었지만 달이는 어머니가 있는 바다로 갈 수가 없다. 근원으로서의 바다는 눈앞에 보이지만 바로 뒤편, 떠나온 마을에는 자신을 놀리던 아이들의 노는 모습과 술주정꾼 아버지가 일하는 제재소가 보인다. 동경의 세계와 현실의 세계, 그 '사이'에 있는 달이. 산 너머 포구의 어머니를 찾아가는 재회의 이야기로 소설이 마무리되었다면 이 소설은 그저 그런 평범한 소설로 전락했을 수도 있다. 하지만 폭력적인 현실과 이상적인 동경의 세계 사이에서 어쩌지 못하고 머뭇거리는 달이의 모습을 통해, 현실의 비애에 대한 더 핍진한 진실을 느끼게 된다.

「굴뚝새」의 소년에게도 어머니는 떠나 버리고 없는 존재다. 어머니는 홍한네 머슴과 바람이 나서 아비와 소년을 버리고 집을 나갔다. 여자의 부재는 그들에게 눈물과 슬픔만을 남겨 놓았다. 하지만 시간이 흐르고 그들은 위안의 대상을 발견한다.

> 먼 산은 묘했다. 인자한 조상님 같은 먼 산꼭대기를 바라보노라면 마음 깊은 곳에서 밀려드는 뿌듯한 위안을 얻을 수 있었다. 그러면서 아비는 늘 먼 산처럼 위대한 조상님들의 이야기를 했다. 모두가 그때그때 지어 낸 이야기였지만 굴뚝새는 자랑스러운 조상님을 믿었다. 먼 산이 그것을 증명하고 있었기 때문이었다. 아비의 마음속에서도 굴뚝새의 마음속에서도 잔잔히 흐르는 그 어떤 기다림은 같았다.(「굴뚝새」, 179~180쪽)

멀고 아득한 것은 그 먼 거리감으로 인해 현실을 추상화시킨다. 그래서 멀고도 아득한 것에 대한 동경은, 현실의 고통을 '기다림'이라는 관념으로 추상화시킴으로써 그것을 견디게 해 준다. '먼 산' 과 '먼 산처럼 위대한 조상님들의 이야기' 는 떠나간 여자의 대리표상이다. 부재의 결핍을 보충하는 관념적 이미지. 하지만 대리표상이 현전(現前)으로서의 어머니를 대신할 수는 없다. 그래서 이 소설에서는 까치집의 상징으로 표현된 끝없는 기다림이 지배적인 정조로 드러난다. 긴 기다림의 끝에 어머니가 돌아오는 소설의 마지막 대목은 역시 문제적이다. 기다림과 만남이라는 행복한 결말 대신, 아비가 간밤에 갈다가 내던진 칼을 확인하고 온몸을 심하게 떠는 것으로 소설은 마무리된다. 여기서 귀환하는 어미는 근원적 모성의 의미를 상실한 타락한 탕자에 가깝다. 그래서 「산 너머 포구」와 마찬가지로 근원적 모성과의 만남은 또다시 지연될 수밖에 없다. 근원에 가 닿는 것은 이처럼 끝없는 지연과 유예일 지도 모를 일이다.

「잉어깃발」은 근원을 찾아 떠나는 여정의 서사다. '살아 있는 가야의 흔적'을 찾기 위해 소설가인 '나'는 일본으로 여행을 떠난다. '나'는 여행 중에 일본에 귀화한 한국인 노인을 만나서 한국의 정체성에 대한 이야기를 듣는다.

"자기 정체성을 상실한 현실, 그러면서 민족을 이야기하고, 국가를 이야기하지. 나는 그것이 역겨워. 그 무조건 목청을 높이는 족속들 말야. 일본에 오니 우선 그런 꼬라지 보지 않아서 좋아."
(「잉어깃발」, 43쪽)

나는 수긍했다. 온통 아파트와 서양식 건물로 둘러싸인 우리네 강산과 나지막한 기와집이 대부분인 일본의 모습에서 집뿐 아니라 고이노보리와 같은 전통이 사라진 우리 모습에서 어느 것이 과연 우리의 본질과 더 가까운가를 생각해 봤다.(「잉어깃발」, 44쪽)

　이 여행은 처음부터 '정체성' 회복을 위한 여정이었기에, '나'
는 '정체성의 상실' 이라는 노인의 판단을 수긍하면서 '우리의 본
질' 을 회복해야 한다는 사명감에 들뜬다. '나' 는 큐슈의 시골 어
디에서나 볼 수 있는 '잉어깃발(고이노보리)' 을 살아 있는 가야의
흔적으로 생각한다. 하지만 '흔적(trace)' 은 어디까지나 존재의 환
영일 뿐 실체가 아니다. 그럼에도 불구하고 '나' 는 그 흔적을 더듬
어 근원으로서의 정체성을 소설가적 상상력으로 재구성한다.

　경상도말과 일본말이 유사하다는 것은 옛날 같은 문화권이었
고, 그 흔적이란 언어가 아닌가. 그래, 저 억양을 보라고. 나는 가
볍게 흥분하기 시작했다. 벳-푸- 낮게 시작해서 뒷부분이 올라가
면서 길게 내는 발음은 전형적인 경상도, 그것도 부산이나 마산 같
은 경상도 곧 가야 지역 여자들의 억양이었다. 특히 그런 억양은
애교를 부릴 때 심했다. 저 생기발랄한 억양이 가야의 흔적인 것이
다. 아, 나는 정말 위대한 발견을 한 것이다. 내가 그 소리에서 인
어아가씨를 떠올린 것은 우리의 옛것에 대한 막연한 그리움 때문
이요, 마끼꼬와 인어아가씨를 동일시한 것 역시 그 억양에서 느끼
는 어떤 동질성 때문이었다는 생각이 들었다.(「잉어깃발」, 50쪽)

　기차가 벳푸역에 도착했을 때 '벳푸' 를 알리는 안내방송의 소
리가 전형적인 경상도 여자들의 억양이라는 생각. 그리고 잉어깃
발을 뜻하는 '고이노보리' 에서 '고이' 가 '고기' 이며, '보리' 는
깃발의 순우리말인 '보' 와 통한다는 생각. 이런 생각을 가능하게

한 것이 '옛것에 대한 막연한 그리움'과 '어떤 동질성' 때문이라는 설명은 주의를 요하는 대목이다. 정체성은 이질성을 배제하는 동일성의 논리를 통해 구축된다. '나'의 일본여행이란 결국 경상도와 큐슈의 동일성을 탐사하는 과정이었으며, 이는 다시 나와 세계의 낯선 차이들을 걷어 내고 둘을 하나의 동일한 정체성으로 구성하는 과정이었던 것이다. 아득히 먼 고대의 시간에 대한 '막연한 그리움'은 그 먼 과거와 지금의 시간이 가진 낯선 거리감을 완충시키는 감정이다. 이제 벳푸와 고이노보리는 더 이상 이국의 낯선 언어들이 아니라 "꼭 옛날 어머니가 들려주던 자장가처럼 푸근한 우리말"로 인식된다. 이 여행의 여정은 '어머니의 품'에서 끝난다. 이질감과 낯섦이 모두 해소된 절대적 근원으로서의 모성. 드디어 기나긴 지연과 유예가 끝나고 어머니의 따뜻한 품으로 들수 있게 된 것이다. 하지만 그 어머니의 품이란 것이 어쩐지 의심스럽다.

3. 현상의 세계에서 현실의 세계로

존재의 근원인 '어머니'는 풍요로운 '대지'의 상징으로 변주되기도 한다. 대지의 흙은 대자연의 원시적 상상력을 자극한다. 동시에 그것은 도시의 건조한 문명적 감각과 날카롭게 대립한다. 문명은 자연의 넘치는 생명력을 분할하고 구획함으로써 그것을 자신의 영토 안으로 포섭한다. 잔혹한 파괴의 본능은 문명의 본질적

속성이다. 도시적 삶에 시달린 사람들은 그들의 내면마저도 사막
화된다. 그래서 문명 속의 인간은 흙과 대지, 대자연에 대한 그리
움을 안고 살아갈 수밖에 없다.

「샤갈, 시를 쓰다」는 문명으로부터 벗어나 절대적 근원의 세계
로 회귀하고 싶은 인간의 욕망을 탐구한 소설이다.

> 모두가 달리기 선수처럼 내달리는 세계에서 나는 어정쩡하게
> 낙오된 낮달이었다. 그러나 사실 낮달을 보면서 맨 먼저 떠올린
> 것은 닮은 내 모습이 아니라 몇 해 전에 돌아가신 아버지와 몇 달
> 전에 가출한 녀석의 얼굴이었다.(「샤갈, 시를 쓰다」, 122쪽)

도시적 삶은 각박한 경쟁을 요구한다. 우승열패의 사회진화론
이 통용되는 도시에서, 경쟁에서의 '낙오'는 곧 죽음이다. '낮달'
이란 시간을 잃어버린 낙오자의 혼란한 감각을 의미한다. '나'와
'녀석'과 '아버지'는 경쟁에서 패하고 지친 낙오자들이다. "녀석
도 아비지도 흙을 그리워했디." 낙오자들에게 '흙'은 이머니의 자
궁이다. '녀석'은 편지를 남기고 가출해 버렸다. "녀석의 의도는
분명했다. 시가 없는 삭막한 문명의 세계를 거부하고 삶 자체가 시
가 되는 완전한 자연의 세계로 떠난 것이다." 여기서 '삭막한 문명
의 세계'와 '완전한 자연의 세계'를 가름하는 것은 '시'다. 시는
세계를 자기화하는 절대적 낭만의 글쓰기다. 시는 세계의 모순과
부조리를 건강한 서정의 감수성으로 극복할 수 있다. 물론 그것은
현실의 실재적 극복이 아니라 시적인 극복에 불과하지만. 하지만

오늘날의 현실은 더 이상 세계를 자기화하는 서정의 논리를 용납하지 않는다. 그래서 오늘날의 시들은 서정에 대한 싫증으로 지친 나약한 감각과, 세계의 폭력으로부터 산산이 부서진 언어의 잔해만을 나열하고 있다. 시가 불가능한 시대는 근원적 모성으로서의 대자연, 그 속에서의 이상적 삶을 더 이상 동경할 수 없다. 그래서 녀석이 꿈꾸는 세계는 시가 가능한 세계, '샤갈의 마을' 이다.

남해 멀리— 아름다운 섬이 있었다. 거기에는 시간도 세월도 없었다. 전기도 텔레비전도 자동차도 없었다. 어른도 아이도 짐승들도 같이 뛰어놀았다. 꽃과 나무와 별과 달의 숨소리도 들을 수 있었다. 그래서 그곳은 작은 빗방울 하나에도 감동한다. 샤갈의 마을이었다.(「샤갈, 시를 쓰다」, 124쪽)

문명으로부터 멀리 떨어진 남해의 아름다운 섬, 샤갈의 마을은 어른과 아이의 차별이 없고, 인간과 짐승의 차별이 없다. 살아 있는 모든 생명이 존재의 경이로움을 간직하고 있기에 그에서는 빗방울 하나에도 감동을 느낄 수 있는 것이다. 이 환상적 세계는 완전한 서정의 세계이며 시 그 자체이다. 이 세계는 예이츠의 '이니스프리의 호수섬' 을 떠올리고 박두진이 시 '해' 에서 "꿈이 아니래도 너를 만나면, 꽃도 새도 짐승도 한자리 앉아, 워어이 워어이 모두 불러 한자리 앉아, 앳되고 고운 날을 누려 보리라"고 노래한 그 세계를 떠올리게 한다. 이곳은 "마치 유년 시절 함부로 그려 놓은 크레파스 그림처럼 천진난만한 꿈의 세계" 이기도 하다. 유년의 황금시대에 대한 동경. 성인이 된다는 것은 "완벽성에 대한 환상 버리기의 과정"이다. 그래서 유년의 황금시대는 더더욱 그리운 것일지 모른다. '나' 역시 샤갈의 마을이 필요했고 그래서 '나'는 어린 사슴의 섬 '가고시마'로 떠난다.

뜻으로 보면 '어린 사슴의 섬(鹿兒島)'이지만 일본말 음차로는 '먼 옛날, 전생 또는 돌아오지 않는 과거의 섬'이란 뜻도 있었다. '흔들리는 불혹'이라는 아이러니는 먼 유년으로 돌아가고 싶어도 돌아갈 수 없는 나이이기 때문이 아닐까. 돌아올 수 없는 과거란 별과 달의 숨소리도 들을 수 있는 완벽한 자연의 세계이거나 빗방울 하나에도 감동하는 완전한 시의 세계, 곧 우리가 꿈꾸는 샤갈의 세계였다.(「샤갈, 시를 쓰다」, 125쪽)

'나'와 '녀석'이 생각하는 샤갈의 마을은 서로 다르다. 그것은 "사실의 세계가 아니라 의미의 세계요, 현상(現象)의 세계이기 때문이"다. 샤갈의 마을은 실체나 본질이 아니다. 그것은 어디까지나 실체의 대리표상, 즉 흔적일 뿐이다. 그래서 그것은 저마다의 서정으로 상상하기 나름에 따라 얼마든지 다른 세상으로 드러날 수 있다. '나'에게 샤갈의 마을은 '가고시마'였고 젊은 연인 '모모'였다. 모모는 '나'에게 "한 번도 다다를 수 없었던 오르가슴의 세계"를 열어 준다. 하지만 그 오르가슴은 현실의 것이 아니라 꿈속의 어머니처럼 현상의 세계, 시의 세계에 속하는 것이다. 그러므로 그것은 일종의 자위에 지나지 않는다. 모모는 사실이 아닌 환상의 존재일 뿐인 것이다. "결국 모모는 현상이었고, 봄날의 짧은 꿈에 불과했다."

　우리가 유일하게 공유할 수 있는 것은 현상, 곧 시뿐이었다. 시는 꿈과 같은 현상의 언어이며 시인들은 현상에 집착한다. 모모도 현상에 집착한다. 어쩌면 나도 그 현상을 좇고 있는지 몰랐다. 하지만 나는 최소한 모모와의 관계에서만은 일상의 언어를 뱉고 싶었다.(「샤갈, 시를 쓰다」, 135~136쪽)

　여기서 '나' 와 '녀석' 의 길은 완전히 갈라진다. '일상의 언어' 에 대한 욕망, 그것은 모모를 현상의 세계가 아닌 현실로 불러들이고 싶은 욕망과 하나다. 현실을 형이상학적 관념으로 쉽게 초월하려는 것은 아둔한 생각이다. 현실을 벗어난 해결이란 현상과 시로 된 낭만주의적 판타지에 불과하다. 현실로부터 쉽게 초월해 버리는 것보다 현실을 힘겹게 극복하려는 의지가 더 중요하지 않을까. 현실의 갈등과 모순에 대한 도피처로 오해받을 수 있는 '모성' 으로서의 여성이라는 판타지 역시 문제적이다. 하지만 「샤갈, 시를 쓰다」는 그런 오해를 불식시키기에 충분한 작품이다.

　현상은 현실을 타개할 수는 있지만 결코 현실을 바꿀 수는 없다.
　녀석은 현실에 절망을 느끼고 현상의 세계로 나아갔고,
　나는 현상의 세계에서 멀미를 앓다가 현실의 세계로 나오게 된

셈이다.(「샤갈, 시를 쓰다」, 144쪽)

　이 소설은 앞에서 살펴보았던 여러 작품들에 대해 가질 수 있는 형이상학적인 본질주의에 대한 의혹을 떨치게 해 준다. 굳이 '사족'의 형태를 취하면서까지 설명적인 방식으로 서술하지 않았어도 되었겠지만, 현상의 세계로부터 현실의 세계로의 방향전환을 분명히 한 것은 그만큼 이 전환이 중요하기 때문이다. 이것은 박명호 소설의 인식론적 전환을 선언하고 있다. '현상'과 '사실' 사이의 암연을 떠돌던 박명호 소설의 인물이 드디어 관념이 아닌 현실로 내려온 것이다. 하지만 이런 성취는 그냥 얻어진 것이 아니다. 존재의 근원을 찾아가는 힘겨운 여정들이 없었다면 이런 성취는 어려웠을 것이다. 그 힘겨운 여정들이 세계를 바르게 받아들이는 인식론적 성숙을 가능케 했다고 할 수 있다. 「샤갈, 시를 쓰다」를 통해 비로소 박명호의 소설은 아득한 옛날의 황금시대에 대한 낭만적 동경과 신비화된 모성의 그늘로부터 벗어날 수 있게 된다.

4. 불완전한 세계에서의 길 찾기: 에로스, 운명론적 대결 그리고 구원

　아득하게 먼 관념의 세계에 대한 동경과 탐구는 불완전한 현실을 넘어서기 위한 방법으로 요구된 것이었다. 어떤 차별도 낯섦도 없는 완전한 세계에 대한 열망. 어머니의 품속처럼 아늑하고 모든 것이 조화로운 이상적 세계. 이런 세계에 대한 욕망은 반대로 지금의 현실이 얼마나 지독하고 불완전한 것인지를 강렬하게 부각시킨다. 현실의 마성이 강할수록 현실 너머의 세계에 대한 동경과 열망도 커진다. 박명호의 소설에서 부조리한 현실의 모순은, 건강한 생명력으로서의 에로스를 억압하는 '관념'과 '편견'으로 드러난다.

남자와 여자의 사랑은 강렬한 에로스다. 편견과 금기 따위로 제약받지 않는 사랑. 그것은 "일체의 관념의 찌꺼기가 스며들지 않은 순도 백 퍼센트의 사랑"(「우리 집에 왜 왔니」, 75쪽)이다. 「龜旨歌를 위한 다섯 가지 변주곡」은 바로 그 '관념의 찌꺼기' 때문에 이루어지지 못한 남녀의 슬픈 사랑이야기다.

아이러니, 혼란, 도착… 나는 견딜 수 없었다. 내 눈앞에 보이는 것은 모두 뒤틀려 있었다. 내 의사에 반하는 그 어떤 강제된 관습이나 제도도 싫었다. 그야말로 모든 것으로부터 완전한 자유를 원했다. 나는 아나키스트였고, 그땐 이미 데모에 중독이 됐는지도 몰랐다.(「龜旨歌를 위한 다섯 가지 변주곡」, 203쪽)

억압적인 현실로부터 완전한 자유를 꿈꾸는 아나키스트에게 사랑은 구속이다. 연이는 나를 향해 구애의 노래인 구지가를 불렀지만 '나'는 그것을 알아들을 수도 없었고 설사 알아듣는다고 해도 그것을 '구속'이라 여길 뿐이다. '나'는 '그녀의 성'에 갇힐 수가 없었던 것이다. '완전한 자유'라는 것이 사실은 현실에는 존재하지 않는 일종의 관념이라고 할 때, 둘의 사랑을 가로막았던 것은 바로 그 허망한 '관념' 이었던 것이다. 그럼에도 불구하고 '나' 는 오히려 연이를 향해 "도덕이니, 관습이니 하는 것들이 자유로웠던 인간들을 얼마나 속박시키고 있"느냐고 따져 묻는다. 그렇지만 연이가 다른 남자의 아이를 갖게 된 사실을 알고서야 비로소 '나' 는 그 허망한 '관습' 에 얽매이는 것의 어리석음을 깨닫는다. 수놈의 동물적 감각이 살아난 것이다.

> 암놈은 수놈이 마음에 들면 엉덩이가 붉게 부풀어 오른다. 때로는 노골적으로 그런 엉덩이를 보이며 상대 수컷을 유혹하기도 한다. 그래서 속으로만 사랑하다가 끝내 남남이 된 갑돌이와 갑순이는 원숭이보다 못한 바보다.(「龜旨歌를 위한 다섯 가지 변주곡」, 199쪽)

'나' 는 '원숭이 똥구멍은 빨갛다' 라는 명제를 통해 '현상' 이 아닌 '사실' 에 눈뜬다. 관념에서 벗어나 원초적인 동물의 감각을 회복함으로써, 드디어 '나' 는 '구지가' 가 '구애가' 라는 그 '초보적인 언어' 의 의미를 깨닫게 된다. 과거의 '나' 는 「샤갈, 시를 쓰다」의 주인공처럼 "인간과 인간 사이를 재단하는 그런 언어가" 준비되어 있지 않았다. 하지만 이제 '나' 는 선술집의 주모가 밀린 밥값을 요구할 때 그것이 주모의 구지가라는 것을 안다. 관념이 아닌 몸의 언어를 이해할 수 있게 된 것이다.

「우리 집에 왜 왔니」 역시 '현상' 을 넘어 진정한 몸의 만남, 에로스에 도달하는 과정을 이야기한다. 십여 년 전 '스승과 제자라는 관습의 벽'을 넘지 못하고 헤어져야 했던 남자와 여자. 여자의 이름은 '연이'다. 그 이름은 「龜旨歌를 위한 다섯 가지 변주곡」의 여자 이름이기도 하다. 지금 연이는 다른 남자의 아내가 되어 있지만, 그녀의 남편은 스스로 처용이 되어 고대의 설화를 현실에서 되풀이한다. 연이 역시 '나'에게 보낸 편지에서 '관습이라는 벽을 넘을 만큼의 용기'를 갖게 되었음을 고백한다.

> "수절이니, 불륜이니 하는 수식을 빼 버리면 그냥 사랑입니다. 우리 인간의 역사에 사랑만큼 관념의 장식을 많이 한 것이 없습니다. 오히려 그 관념의 장식들이 사랑을 왜곡하고 오염시켜 왔습니다. 사랑이란 관념 이전의 느낌이 아닙니까. 아까 선생님께서 말씀하신 '꽃 찾기 놀이'처럼 말입니다. 저는 그런 장식이 없는 감정을 소중하게 생각합니다."(「우리 집에 왜 왔니」, 70~71쪽)

'관념 이전의 느낌', '장식이 없는 감정'이란, 편견과 금기를 넘어선 몸과 몸의 순정한 사랑을 일컫는다. 고대의 처용설화는 '사실'이 아닌 '현상'의 세계다. 그러니까 이 소설은 '현상의 세계'를 '사실의 세계'로 불러들여 환상적인 이야기 속에서나 가능했던 이야기를 현실에서 재현하고 있는 것이다. 이렇듯 박명호의 소설은 이제 '현상'과 '사실'을 넘나들며 현실의 불완전함에 적절히 대응한다.

「뿔」은 두 남자의 운명적인 대결을 '바둑'이라는 알레고리를 통해 드러낸 작품이다.

나는 운명에 대해 생각했다. 뭔가가 결정되어진다는 것, 그것을 운명이라 한다면 운명은 참 두려운 것이다. 그래서 우리는 피할 수 있으면 피해 왔을 것이다. 그것이 가장 솔직한 고백이다.(「뿔」, 151쪽)

한 동네에서 나고 자랐고 같은 문학판에서 시인과 평론가로 활동하는 관계지만 그들은 언제나 비교되었고, "그것은 마치 모순(矛盾)으로만 존재의 의의가 있는 창(矛)과 방패(盾)와 같았다." 하지만 "서로의 긴장을 유지하면서도 완충 역할을 하는 디엠제트" 역할을 해 주었던 명숙이 죽음으로써, 이제 그 싸움도 끝을 내야 할 때가 왔다. 둘의 싸움은 '바둑' 이라는 게임을 통해 이루어지는데 그것은 '평생의 자존심을 건 싸움' 이고 어떤 의미에서는 일종의 '의식' 이기도 하다. 긴장감 넘치는 대국의 묘사는 이 소설에서 하나의 진경을 이루며 우리 소설사의 명장면을 연출한다.

그는 좌측 변의 행마(行馬)를 미지수로 남겨 두고 아생연후살타(我生然後殺他)라는 평범한 정석을 깨뜨리며 느닷없이 작전을 바꾸어 왔다. 그러니까 그는 패로써 중앙 깊숙이 진출한 내 특공대의 보급로를 차단함과 동시에 미지수로 남은 자신의 좌변 말도 살려 보려는 일종의 양동작전이었다. 패를 걸지 않고 수순이 이어진다면 피차가 살게 되고 그럴 경우 실리 면에서 뒤지고 있는 그의 입장에선 승산이 없다. 그야말로 그는 올코트푸레싱 작전으로 승부수를 던질 수밖에 없었다. 나로서도 패에서 물러나면 특공대들이 자연 아사함으로 두 손을 들어야 한다. 바람들이 조심스레 창을 두드리며 지나갔지만 서른 해 만에 술렁이는 방 안의 긴장을 조금도 잠재울 수가 없었다.(「뿔」, 163쪽)

아슬아슬한 이 대국에서 '나'의 결정적 공격으로 전세는 급격하게 한 쪽으로 기운다. 하지만 소설은 '나'의 망설임과 머뭇거림으로 끝난다. "나는 더 이상 그의 목을 조를 수 없었다. 어쩌면 무척 탁한 연기 탓으로 여태 버티고 있던 유리한 패싸움을 포기할지도 모른다." 이런 '망설임'과 '머뭇거림'이야말로 대단히 중요하다. 앞서 보았던 남녀의 사랑은 대결이 아니기 때문에 사랑의 회복으로 귀결될 수 있지만, 바둑이라는 게임의 형식을 빈 이 운명론적 대결은 분명한 승패로 귀결되어야만 한다. 운명론적 대결의식에서 오는 팽팽한 긴장감이야말로 두 남자의 존재론적 의미라고 할 수 있다. 만약 승부가 한 쪽으로 귀결된다면 그 긴장은 사라질 것이고, 결국 두 남자의 존재론적 의미도 상실된다. 그러므로 망설임과 머뭇거림은, 어쩌면 가장 최선의 소설적 귀결이다.

'바둑'이라는 형식은 「우리 집에 왜 왔니」에서의 '처용설화'와 같은 역할을 한다. 바둑 역시 '사실'이 아닌 운명론적 대결의 '현상'적 표현이기 때문이다. 현실에서의 운명론적 대결을 바둑으로 재현함으로써 사실과 현상의 세계는 한데 뒤섞인다. 이 같은 형식은 「봄눈」에서도 찾을 수 있다.

「봄눈」은 장편 『가룟의 창세기』(이룸, 2004)의 모태가 된 작품이다. 이 소설은 현실 기독교에 대한 근본적인 문제제기로써 읽을 수 있는 작품이다. 종교는 '죽음'의 극복을 위해 고안된 것이지만, 현실의 기독교는 오히려 우리의 '삶'을 죽음의 공포로 위협한다. 그러니까 죽음에 대한 공포 없이는 현실의 기독교도 유지될 수 없다. 하가료 목사는 기독교의 이런 공포정치를 극복하는 것을 일생의 사명으로 삼는다. 그래서 그는 인류에게 덮씌워진 원죄의 올가미를 부정하고 인간을 한낱 꼭두각시로 전락시키는 '예정조화설'을 비판한다. 바울로는 구약시대의 선지자들과 마찬가지로 신의 섭리를 심각하게 왜곡시킨 장본인으로 지목된다. 죽음을 앞둔 늙은 하가료 목사는 왜곡된 신의 섭리를 바로잡을 수 있는 사명을 '나'에게 넘겨준다.

목사나 소설가나 세상에 메시지를 전달하는 것은 마찬가지다. 자네는 내 목회와는 비교가 되지 않을 훌륭한 소설을 쓸 것이야. 목사는 신의 사자(使者)이며 진정한 소설가는 신의 대역자(代役者)지. 대역자란 신의 섭리를 바르게 찾아내는 것이며, 사자란 그 뜻을 바르게 전달하는 것이네. 하여, 소설가에게는 영감이 필요하고, 목사에게는 신앙이 필요하다. 불행히도 인간에게는 두 가지 능력이 모두 주어지지 않아.(「봄눈」, 94쪽)

'나'에게 주어진 사명은 성서, 특히 창세기를 다시 쓰는 것이다. 젊은 시절의 하가료 목사가 시도했다가 포기한 원고를 건네받

은 '나'는 그 엄청난 과업에 엄두가 나지 않았지만 결국 그것을 담
담하게 받아들인다. 하지만 일은 뜻대로 잘 되지 않았고, 그가 말
하는 대역자로서는 한 줄도 쓰지 못한 채 다시 그를 찾아간다. 쉽
게 본론을 꺼내지 못하는 '나'에게 하가료는 '신의 섭리'와 같은
바둑을 권한다. 그들은 함께 보냈던 스무 해 가까운 세월의 공간을
바둑으로 채운다. 얼마 뒤 바둑을 거두고 그들은 대작(對酌)을 시
작한다. '나'는 스무 해를 기다려 온 이 교감의 순간이 영원하기를
바란다. 이로써 '나'는 하 목사의 과업을 진정으로 떠맡을 수 있게
된 것이다.

　「봄눈」의 '성경 다시 쓰기'는 「우리 집에 왜 왔니」의 '처용설
화'나 「뿔」의 '바둑'과 같은 의미를 갖는다. 이들은 모두 '현상의
세계'에 속한다. '현상'들을 '사실'의 세계로 불러들여 해결하기
어려운 현실의 첨예한 모순들을 반성적으로 깨닫게 해 주는 것은
세 소설의 공통점이다. 이처럼 '현상'과 '사실'은 상극이면서 상
생하는 생극(生剋)의 관계로 재정립된다. 마찬가지로 삶과 죽음은
봄과 눈처럼 상극이면서 상생하는 관계다. 삶과 죽음은 봄에 내리
는 눈과 같다. 박명호의 소설은 이제 불완전한 세계를 완전한 세계
에 대한 동경으로 초월하지 않는다. 하지만 근원적 세계로서의 완
전한 세계에 대한 탐구의 열정은 불완전한 세계의 개조에 대한 욕
망을 자극한다. 앞으로 박명호의 소설이 펼쳐 나갈 어떤 경지도 바
로 이 지점에서 예감할 수 있을 것이다.

5. 근원에 대한 사유에서 사회·역사적 상상력으로

'여성'과 '자연'이라는 근원적 세계에 대한 동경. 그 근원적 세계에 대한 기나긴 탐구의 여정은 결국 불완전한 현실로 되돌아오는 계기가 되었다. 여기서 주목해야 하는 것은, 그 귀환이 현실로의 단순한 회귀가 아니라 절대적 세계로서의 근원에 대한 오랜 탐구의 과정에서 이루어진 것이라는 데 있다. 모성과 에로스에 대한 원시적 열정은 자연의 생명력에 대한 동경과 다르지 않다. 이 열정과 동경이 세속적 삶의 모순에 대한 깨달음을 이끌어 낸 것이다. 그래서 앞으로 펼쳐질 박명호의 소설 세계는 아득한 것에 대한 그리움 대신 지금 여기, 발밑의 현실에 대한 치열한 물음과 고민들이 중심이 될 것이라고 생각한다. 근원적 상상력에서 사회·역사적 상상력으로의 큰 전환.

박명호는 이 소설집에서 종교, 사랑, 운명, 죽음과 같은 인간의 영원한 숙제라고 할 수 있는 근원적인 주제들을 탐구했다. 일상과 내면에 대한 감각적 욕망에 들뜬 오늘날의 젊은 세대에게는 근원에 대한 진지한 사유가 부족한 것처럼 보인다. 깃털처럼 가벼운 이 세상에서 우리가 진정으로 회복해야 할 것이 있다면, 그것은 바로 '근원'에 대한 진지한 사유일 것이다. 만약, 근원에 대한 진지한 사유라는 이 제안을 '본질주의'라고 쉽게 단정하는 사람이 있다면, 나는 그 사람에게 박명호의 소설을 권하고 싶다.

우리 집에 왜 왔니

첫판 1쇄 펴낸날 2008년 11월 27일

지은이 박명호
펴낸이 강수걸
펴낸곳 산지니
등록 2005년 2월 7일 제14-49호
주소 부산광역시 연제구 거제1동 1493-2 효정빌딩 601호
전화 051-504-7070 | **팩스** 051-507-7543
sanzini@sanzinibook.com
www.sanzinibook.com
책임편집 김은경 | **편집** 권경옥 | **디자인·제작** 권문경
인쇄 대정인쇄

ⓒ박명호, 2008
ISBN 978-89-92235-51-8 03810

값 10,000원

✱ 이 책은 부산광역시 2008년 '문예진흥기금'을 받았습니다.